愛こそすべて

Rena Shuhdoh
愁堂れな

CB
CHARADE BUNKO

Illustration

みずかねりょう

CONTENTS

愛こそすべて

1

日本語の語学としての難易度は、世界各国の言語の中で五段階でいうと四であるという。

商社マンの父を持つ僕は、小学校一年生のときからスウェーデン、インド、アメリカ、と渡り歩き、父の定年と共に大学進学前に日本へと戻ってきた。

おかげで英語は母国語のように話せるようになったものの、日本語ははっきりいって覚束《おぼつか》ない。帰国枠で入った大学で、日本語と日本の社会常識を必死に勉強したつもりではあるが、まだまだ咄嗟《とっさ》のときには思わず英語が出てしまう。

いきなり「オーマイガッ」と素で叫んでしまうのをよく笑われたものだったが、これからは気をつけなければならないな、と田中《たなか》部長の背中を見ながら僕は気を引き締め直していた。

今日から僕はここ、三友《みとも》商事の社員になる。入社式が終わり、迎えに来てくれた配属先の上司である彼に連れられ今僕は職場へと向かっていた。

「しかし佐藤《さとう》君、ＴＯＥＩＣ九七五点だなんて、ほぼ満点じゃないか。凄《すご》いねえ」

「ありがとうございます」

肩越しに振り返った部長がそう笑いかけてくる。礼を言うと部長は少しヘンな顔をした。

「あの？」

どうしたんだろうと問いかけた僕に、部長は「なんでもないよ」と苦笑するように笑った。

「実にアメリカ人っぽいねぇ」

「え」

しまった、こういうときには『そんなことありません』とか謙遜《けんそん》してみせるものだったか、と気づいたがあとの祭りだった。やっぱり日本語も日本文化も難しい、と僕は首を竦《すく》めた。

僕みたいな、英語が母国語状態の人間はそれこそ、外資系にでも入ればいいのだろう。実際、全員が帰国枠だったという僕のゼミの仲間は、僕以外皆、外資系企業に就職した。戸惑いを覚える日本特有の風土に馴染《なじ》めていない者が多かったためでもあるけれど、得意の英語は活かせるし、何よりサラリーは日本企業により勝るし、と、同じく帰国子女である僕にとってもいいこと尽くめであるはずなのだが、いかんせん、僕には外資系に就職できない理由があった。

「しかしせっかくの英語だが、ウチの部は国内営業でね。あまり活かせるチャンスはないかもしれない」

僕が配属になった建築部は、大手町《おおてまち》に聳《そび》え立つ三友商事本社ビルの二十二階にあった。エレベーターを降り、フロアの入口へと向かいながらまた、田中部長が僕を振り返り、申し訳なさそうな顔をしてみせる。

「そうなんですか」

「ああ。商社の取引先は海外だと思われがちだけど、ウチの取引先は国内オンリー、国内の中でも特に泥くさい世界なんだよ」

「泥くさい？」

どういう意味だったかなと僕は瞬時考えを巡らせたが、頭に浮かんだのは『泥』そのものだった。あとで辞書を引いてみようと思っていた僕に田中部長は、

「まあ、国内営業もそれなりに魅力のある仕事だよ。最初は戸惑うことも多いだろうが、頑張ってくれ」

「はい。頑張ります」

笑顔でそう告げ、「こっちだ」と入口を示した。

部長の言葉を聞いた瞬間、よかった、と僕は安堵《あんど》の息を漏らしていた。

『泥くさい』の意味すらわからない僕が、国内営業担当部署へ配属になったことに安堵するには実は理由があるのだが、それはさておき僕は部長に導かれるまま、入口のドアを潜《くぐ》った。

田中部長と僕がフロアに入ってゆくと、席についていた皆が一斉に僕たちに注目した。やはり皆、ニューフェイスには興味津々ということだろうかと思いつつ、僕は部長のあとにつ

いて彼の席らしき窓側の机の前へと歩いていった。

「皆、集まってくれ」

部長が声をかけるのを待っていたように、目の前の机四列に座っていた社員たちが立ち上がり、僕たちの周囲に集まってきた。この四列が『建築部』で、彼らが僕と同じ部員というわけか、と思いながら僕は僕と部長を囲んだ三十人ほどの社員たちをぐるりと見回した。

「えー、すでに皆さんご存知のとおり、この部に配属になった新入社員の佐藤君だ。当部としては三年ぶりの新人になる。ＴＯＥＩＣは九七五点。凄いだろう」

「九七五点！」

「信じられない。ほぼ満点ってこと？」

部員たちの口から驚きの声が漏れる。僕が三年ぶりの新人という割りには、部員全体の年齢層は低そうだった。頭が白い人二割、若手四割、どちらか微妙なゾーンも四割、といったところだろうかと勝手な分析をしていた僕の耳に、女性たちの囁《ささや》き声が響いてきた。

「帰国だっけ？」

「そうそう。早稲田《わせだ》の帰国枠だって」

「アメリカ帰りっていうから、もっとアメリカーンな感じかと思った」

「アメリカンじゃなくてアジアンビューティって感じ？」

「ほんと、日本人形みたい。綺麗《きれい》な子だよね」

僕の履歴書は部内中に回っているらしい。しかし日本人形はないだろうと彼女たちの勝手なお喋《しゃべ》りを聞くとはなしに聞いていた僕は部長に、

「それじゃ、佐藤君、自己紹介を」

と言われて我に返った。スピーチはさせられるだろうと予測していたので、一応言うことは考えてある。僕は息を吸い込むと、周囲を見回し口を開いた。

「はじめまして。佐藤一朗《いちろう》です。早稲田大学商学部卒ですが、父の仕事の関係で高校のときまで海外にいたので、日本語に今ひとつ自信がありません。こちらは国内営業の部署とのことですので、ドメスティックなビジネスに一日も早く慣れるよう、勉強していきたいと思います」

ぺこり、と頭を下げた僕の耳にまた、女性たちの囁く声が聞こえる。

「英語の発音が外国人だ〜」

「サトーイチローって感じじゃないよね」

「どっちかっていうとコッチがウィル？」

「うん、アッチがイチローって感じだよね」

ウィル――？　あっち？　こっち？　なんのことを言っているのだろうと首を傾《かし》げつつ顔を上げた僕の背を、部長がばん、と叩《たた》いた。

「当部としても三年ぶりの新人だ。国内営業、とくに建築業界は『厳しい』どころじゃない

のが現状だが、佐藤君には新人らしい新しい感性を活かして頑張ってほしい」

「はい。頑張ります！」

外野に気を取られている場合じゃない。『新しい感性』はリップサービスだとはわかっちゃいるが、今日からこの部で社会人としての一歩を踏み出すことになるのだ。気を引き締めて頑張ろう。

胸に溢《あふ》れるやる気をそのまま表すような大声で僕は部長に答えたのだったが、そんな僕に部長は少しびっくりしたような顔になった。

「……見た目によらず、元気だな」

「はい？」

一体どういう『見た目』なんだと眉《まゆ》を顰《ひそ》めた僕に、部長は慌てたように、

「いや、なんでもないよ」

元気なのはいいことだ、と言って僕の背をまた叩いた。

「その元気で、業界の不況の風を吹っ飛ばしてくれ」

あはは、と大声で笑ってみせたあと——少しも面白くないが、もしかしたらここは笑うところなのかもしれない、と僕も一応笑っておいた——部長は周囲をきょろきょろと見回し始めた。

「おい、神田《かんだ》はどうした」

「あ、ほんとだ。どうしたんでしょう」

　集まった部員たちもあたりを見回している。

『神田』というのは人名だろうかと部長の顔を見上げると、部長は僕の疑問がわかったようで、肩を竦めながら答えてくれた。

「君の教育係なんだが、おかしいな。今朝《けさ》は待機しているように伝えておいたんだが……」

「ああ」

　新人の僕たちには三ヶ月間、『教育係』がつくのである。大抵は若手の総合職で、その『教育係』に僕たちは仕事のイロハを習うのだった。

「あのお、神田さん、朝いち、近藤《こんどう》所長に呼び出されましたあ。新人さんの出迎えには間に合うって言ってたんですけどお」

「また近藤所長か」

　小柄で可愛《かわい》らしい顔立ちの女性が——あとから彼女が長谷川真理子《はせがわまりこ》という、僕のアシスタントだと紹介された——おずおずとそう言い出した横で、年代的に僕が『微妙』と判断した背の高い、いかにも体育会系といった感じのガタイのいい男が——僕と同じ課の丸山《まるやま》主任であることも、僕は直後に知ることになった——やれやれ、というように肩を竦めている。

「あの現場はもめるなあ。今度はなんだって？　またメーカーのチョンボか？」

「わからないですう。でももうすぐ帰ってくると思うんですけどお」

現場だの所長だの、あまり商社らしくない単語が飛び交う中、日本語が覚束ない僕からしても、その喋り方は社会人としてどうなのだとついつい意見したくなるような長谷川嬢が甘ったれた声を出す。

「仕方ないな。それじゃあ丸山、神田が帰ってくるまで佐藤君に説明してやってくれ」

部長が俺の背を叩きながら体育会系の丸山主任に声をかけると、丸山主任は「はい」とフットワーク軽く僕のほうへと歩み寄ってきた。

「同じ課の丸山です。仕事のラインも一緒になるのでよろしく」

「よろしくお願いします」

今日はなんべんこうして頭を下げるのだろう。そして何人の名前を覚えるのだろうと思いつつ、笑顔で話しかけてきた丸山主任に僕も笑顔で挨拶《あいさつ》を返した。

「課長が大阪《おおさか》出張中でね。教育係の神田が社内挨拶やこれから君にやってもらう仕事の説明をすることになってたんだけど、ちょっとしたトラブルで外出してるものだから、俺が説明するよ」

まずは課員の紹介だ、と丸山主任は僕を席まで案内してくれた。あとからぞろぞろとついてきたのが、どうやら同じ課の面子《メンツ》らしい。

「建築一課だ。六名の小さな課なんだが、少数精鋭ってことで」

「自分で言うなよ」

丸山主任の言葉に、がはは、と大きな笑い声を上げたのは、彼より少し年長に見える、やはり体育会系の男だった。大きな笑い声にびっくりしている僕に、彼は、「ああ、すまんすまん」と頭を掻《か》きながら近づいてくると、

「はじめまして。課長代理の安部《あべ》です」

そう言ってぺこりと頭を下げてきた。

「よろしくお願いします」

僕も頭を下げ返しながら、残りの課員たちを横目でちらと見やった。丸山主任も安部課長代理も短髪の、いかにも運動部出身というなりをしていたが、残る一人もやはり見るからに体育会系に見える。と、その三人目の体育会系が僕の視線に気づいたようで、僕へと歩み寄ってきた。

「はじめまして。五年目の谷《たに》です。俺も早稲田出身なんだ。よろしくな」

「よろしくお願いします」

「谷は学生ラグビーの勇者でかなり有名だったんだが、知らないかな」

「すみません……」

早稲田に通ってはいたものの、愛校精神にあまり恵まれてない僕は皆が夢中になるラグビーも野球もほとんど観戦したことがなかった。申し訳ないかなと思いつつ頭を下げた僕の背を、谷先輩がバンっと叩く。

「佐藤が入ったときにはもう、俺は卒業してたからな」

気にするな、と言いながら豪快に笑う彼と、つられたように豪快に笑っている丸山主任と安部課長代理を前に、僕はすっかり気を呑《の》まれてしまっていた。この『体育会』と『豪快』がこの課の特徴なんだろうか。スポーツはどちらかというと苦手な上に、体格もはっきりいって貧弱な僕が馴染めるだろうかと、少し心配になってくる。

その上僕は『体育会系』の上下関係も苦手なのだった。同じ帰国枠で入学した友人が、体育会陸上部に入り、あまりの上下関係の厳しさに三日で退部したのだが、白いものを黒と言わせる理不尽な縦割り社会の話は聞いているだけで僕を酷《ひど》くむかつかせ、その友人が止めるのを振り切って陸上部に意見しに行ったことがあるほどだった。

日本企業はもともと年功序列が厳しいというが、この課もそうなのだろうか――できれば『体育会系』は体型だけで意識は違ってほしい、などと思っている僕の前に、いつの間にかあの、甘ったれた喋り方の長谷川さんがにこにこ笑いながら立っていた。

「はじめまして。長谷川ですう。わからないことはなんでも聞いてくださいねえ」

「よろしくお願いします」

「真理ちゃんはこう見えて九年目のベテランだ。社内ルールには詳しいからなんでも聞くといいぞ」

「え？　九年目⁉」

見えない――てっきり一、二歳上なだけかと思っていたが、九年目というと三十を越しているということだろうか。思わず目を見開いた僕に真理ちゃん――ちゃんづけするのも恐れ多い、長谷川さんは、

「やだあ、三年目ってことで通そうって言ったじゃないですかあ」

と本気なんだかふざけてるんだかわからない口調で、横から茶々を入れてきた丸山主任の肩をパシッと叩いた。

「いや、さすがにそりゃ無理じゃあ……」

谷先輩のツッコミに、

「ひどーい！」

長谷川さんが可愛い口を尖《とが》らせる。どうやら体育会系の縦割り社会というよりは、課の雰囲気は和気藹々《あいあい》としているらしいことがわかりほっとしている僕の前で、丸山主任が「まあまあ」と長谷川さんを宥《なだ》めたあと、また僕へと向き直って意味深なことを言い出した。

「あとの面子は出張中の課長と、佐藤の教育係の神田なんだが、この神田という男が、ちょっと特徴的でな」

「え？」

特徴的――？　僕からしてみたら体育会系の丸山主任をはじめ、年齢不詳の長谷川さんを含めて課員全員『特徴的』だと思っていたのだが、僕の教育係は更にその上をいくというこ

とだろうか。眉を顰めた僕の横で、

「ああ、佐藤君は驚くかもしれないな」

「俺も相当驚いたからなあ」

安部課長代理と谷先輩が、うんうんと腕組みをして頷《うなず》いている。

「………」

『驚く』ということは、相当変わり者ということだろうか。外見か中身か——人事の話だと、新人は教育係に三ヶ月間、社会人としての心構えから仕事の進め方までべったり世話になるそうだ。その相手が変わり者だというのは、ちょっとカンベンしてほしいな、と眉を顰めたとき、

「あ。戻ってきましたあ！」

フロアの入口を伸び上がって見ていた長谷川さんが明るい声でそう叫んだ。声につられて僕もフロアの入口を振り返り——。

「ごめんごめん、すっかり遅くなっちゃって」

にこにこ笑いながら僕たちに近づいてきた若い男の姿に、それこそ『驚いて』言葉を失ってしまった。

「な、驚くだろ」

「普通驚くわな」

あはは、と丸山主任と谷先輩が笑うのに、

「可愛い僕の『コドモ』に、ヘンな先入観与えたんじゃないでしょうねえ」

じろ、と軽く睨《にら》むふりをした男が、呆然《ぼうぜん》としている僕に笑顔を向ける。

『コドモ』というのは教育係が自分の担当の新人を呼ぶのによく使われる呼称だそうだ——などという聞き齧《かじ》りの知識もすっかり吹っ飛んでしまうほどに、この『教育係』は、先輩たちの予告どおり、僕を言葉もないくらいに驚かせた。

「はじめまして。教育係の神田です」

にっこりと微笑《ほほえ》みかけてくるその顔に、

「……は、はじめまして……」

と、答える僕の声は、未《いま》だ動揺収まらず、震えていた。

僕がこれほどまでに驚くのも無理のない話だと思う。というのもなんとこの『神田』と名乗る僕の教育係は、流暢《りゅうちょう》な日本語は話していてもその外見はどこからどう見ても『外国人』——しかも、映画俳優にもここまでのハンサムガイはいまいというほど、顔立ちの整った金髪碧眼《へきがん》の美青年だったのである。

2

「それじゃ、課の仕事を説明するよ」

神田に連れられて、社内の関係部署に挨拶して回ったあと、会議室で僕と彼は向かい合った。

「まだちゃんと自己紹介をしてなかったね」

教育係が外国人だという驚きから未だ立ち直れないでいる僕に、神田はにっこりと微笑むと内ポケットから名刺入れを取り出し、中から一枚引き抜いて渡してくれた。

『三友商事株式会社　建築部　建築一課　神田ウィリアム』

「う、ウィリアム……さん？」

やはり外国人だったか――って、この顔はどう見たって日本人じゃないだろう、と僕は自分にツッコミを入れつつ、目の前でにこにこと微笑んでいる『ウィリアム』の顔を、参ったなあ、と思いながらもついまじまじと見やってしまっていた。

このウィリアムという僕の教育係は、海外暮らしが長い僕でも今までお目にかかったことがないほどの美形だった。どちらかというとアメリカンというよりはヨーロピアンという雰囲気を有しているのは、顔立ちが品位を感じさせるためではないかと思う。ヨーロッパのどこかの国の王子様だといわれれば信じてしまうようなノーブルさが、彼にはあった。『金髪碧眼』といったが、髪の色は金と茶の間くらいで、長めの前髪を軽く後ろに流していた。目はブルーというよりはグレーに近い色だ。高い鼻梁《びりょう》、厚すぎず薄すぎない形のいい唇は薄紅色をしていたが、少しも女性っぽい感じはしなかった。

まさにヨーロッパの王侯貴族のような外見からはとてもイメージできない『神田』という名字にも勿論《もちろん》驚かされたが、僕が一番驚いた――というか、違和感を持ったのは、彼が話す流暢すぎるほど流暢な日本語だった。

普通外国人は、どれほど日本語が堪能といってもネイティブな言語の発音がどこかに残ってしまうものである。だが彼の話す日本語には母国語の影が少しも見えず、それこそ日本語こそがネイティブだというような喋りっぷりをしているものだから、ついつい僕は彼の顔から目が離せなくなってしまっていたのだ。

「『ウィリアム』だと長いからね、皆、僕のことは『ウィル』と呼んでいる。君も――佐藤君もよかったらそう呼んでおくれよね」

「はあ……」

まるでテレビでやる吹き替えの映画みたいだ、とまじまじとウィルの口元を見つめてしまっていた僕だったが、ウィルに苦笑するように笑われ、自分がいかに無遠慮に彼を見つめてしまっていたかに気づかされた。

「佐藤君は海外が長いと聞いてたから、外国人は見慣れてると思ってたけど」

「あ、いえ、そういうつもりじゃ……」

自分もかつて海外で、東洋人だというだけでじろじろと見られたときにはあまりいい気持ちはしなかったことを思い出し、僕は慌てて自分の非礼を詫《わ》びた。

「すみません。あまり日本語が上手なのでつい……」

そう言ったあと、『上手なので』というのも失礼だったかとまた僕は慌てて言葉を足した。

「いえ、あの、僕は日本人なのに日本語がちょっと不自由なので、外国人なのにウィルさんはすごいな、と……」

なんだか言えば言うほどドツボにはまっていく気がする。『外国人なのに』だって充分失礼だ、と、もう僕は何がなんだかわからなくなり、あわあわとうろたえてしまっていた。

「えーと」

フォローしようにも何を言えばいいんだと口籠《くちごも》った僕の前で、ウィルは——爆笑した。

「あの?」

「いや、なんか君のリアクションが意外なのが可笑《おか》しくて」

あはは、と心底楽しそうに笑っているところを見ると、気分を害した様子はなさそうだった。ほっとしながらも『リアクション』という英単語の発音までもが日本語チックだと僕は変なことにこだわってしまっていた。

「ごめんごめん、僕はゲラでね。一度笑い出すと止まらないんだ」

そのうちウィルは笑いすぎて涙を零《こぼ》し始めた。

「……」

ゲラってなんだろう——給料のことか？　それは『ギャラ』か。

しかし一体何を可笑しく感じたのだろうと、僕はいつまでもくすくすと笑い続けているウィルの王子様顔をまじまじと見つめていたのだが、目が合った途端「ごめん」と吹き出されたのにはさすがにむっとしてしまった。

「あの～」

「ごめんごめん、悪気はないんだ」

ようやく笑いが収まったらしいウィルは涙を拭《ふ》きながら改めて僕と向かい合った。

「なんていうか、君はもっと澄ましたタイプだと思ってたんだよ。単に顔から受ける印象だったんだけど」

「澄ました？」

そういえば僕はよく人から「クールに見える」と言われるのだった。理由はよくわからない。実際はクールどころかすぐカッとなるタイプなのだが、ウィルも同じ勘違いをしたらしい。

しかし、『顔から受ける印象』って、一体僕の顔はどういう印象を彼に与えたのだろうと思わず頬《ほお》に手をやった心中を察したんだろう、ウィルは早速僕の顔について語ってくれた。

「綺麗だなと思ってね。そんな綺麗な顔だもの、滅多に崩したりしないのかと思ってたら、いきなり百面相を見せてくれたものだから驚いたやら可笑しいやらで……」

「綺麗じゃないですよ」

この『綺麗』という言葉も、僕はよく人から言われるのだった。

そんなことを言うと自慢ととられかねないのかもしれないが、僕自身は自分の顔は十人並み——使い方は合っているだろうか。要は平凡な、どこにでもある顔だと言いたいのだけれど——だと思っていた。

だいたい『綺麗』というのは女性の顔を形容する言葉なのではないかと思う。確かに僕は女顔ではあったが、だからといって『綺麗』と言われて嬉《うれ》しいかと問われたら、NOとしか答えようがなかった。

「いや、綺麗だよ。『この人形にあなたの名前をつけてもいいですか』という感じだ」

「はあ?」

意味がわからない——そういえばさっきも部の女性が、僕を見て『日本人形みたい』だと言っていたが、ウィルもそう言いたいのだろうか。

しかし『日本人形』という言葉から僕が連想するのは、いつかテレビのオカルト番組で見た髪の毛が伸びるという『お菊《きく》人形』だったりするので、あまり褒められている気がしない。

似てるか？　と眉を顰めた僕にウィルは、

「いや、昔そういうCMあったんだよ」

更にわけのわからないことを言い、にっこりと笑ってみせた。

「……CM……テレビのコマーシャルですか？」

突然何を言い出したのだろうと問い返すと、ウィルは、うん、と頷き、またまた僕のわからない話をし始めた。

「随分昔にやってたやつだ。博多《はかた》人形のような綺麗な肌という、えーとあれは石鹸《せっけん》のコマーシャルだったかなあ。佐藤君は覚えてない？」

「子供の頃はほとんど海外にいたので……」

学生時代もよく話題に乗り遅れたものなのだが、子供の頃に日本で流行《はや》ったものについて、海外暮らしが長い僕は同世代の皆と思い出を共有できないのだった。

「それじゃあ『ガンダム』とかも知らないかな。あ、『ひょうきん族』とかも？」

「ええ……」

それなのに話題はいつの間にか、ウィルが懐かしんでいるらしい昔のテレビ番組――なんだろう、多分――になってしまっている。

　まったくわからない単語の連続に戸惑いながらも、なぜに外国人の彼がそんな古い日本の番組を知っているのだろうと逆に僕は首を傾げてしまっていた。

「もしかしたら『ポケモン』とかも知らなかったりして？」

「いえ、それはアメリカでもやってましたから……」

「それなら『ドラえもん』は？」

「あの～」

　このままだといつまでテレビ話が続くかわからなくもあったし、先ほどの疑問を解決したくもあり、僕は思わず彼の問いに口を挟んだ。

「なに？」

「ウィルさんは日本にいついらしたんですか？」

「え？」

　目の前のウィルの青い瞳《ひとみ》が驚いたように見開かれる。

「いえ、どうしてそんなに古い日本のテレビ番組を知ってるのかなと」

「ああ」

　ようやく僕の質問の意図がわかったのか、見開かれた彼の目が笑いに細められる。

「かれこれ二十六年になるかな」

「え?」

二十六年——ということは? と、どうみても二十代にしか見えないウィルを前に眉を顰めた僕に、にこ、と笑って彼が答えてくれた言葉は、今度は僕の目を驚きに見開かせることになった。

「早い話、僕は日本で生まれたんだよ。生まれてこの方、日本を出たことはない」

「ええ?」

「だから日本語は得意なんだが——当たり前だけどね——英語はからきし話せなくて苦労してるよ」

「えええ?」

意外だ、と更に驚きの声を上げた僕に、ウィルは英国貴族のようなノーブルな微笑みを湛《たた》えながら、真《ま》っ直《す》ぐ右手を差し出してきた。

「何はともあれ、これからよろしく」

「……あ……」

不意に目の前に差し出された彼の手を前に、驚きの連続で思わず大声を上げてしまっていた僕の声がぴた、と止まった。

握手——ウィルが僕に握手を求めているんだ、と思った途端に、それまで忘れていた『あの感覚が』一気に僕の中に蘇《よみがえ》ってくる。

出された手を握り返さないのは失礼だ、ということはわかっているのに、僕の手はなかなか上がらなかった。室内に変な沈黙が流れる。やはりここは社会人としてしっかりせねばと僕は必死の思いで右手を上げ、ウィルと握手を交わした。

『………』

プッ、プッと腕に鳥肌が立ち、全身の血がさあっと引いていくのが自分でもわかる。

といっても、別に僕は人と『握手』をするたびにこうして鳥肌を立てているわけではない。帰国子女の僕が言うのは噴飯ものだろうが――この言葉の使い方は正しいだろうか――実は僕は、なんと外国人が大の苦手なのだった。

外国人コンプレックス――自分で勝手につけたこの症状は、生まれついてのものではなかった。海外で生活していた頃は日本人以外にも友人はいたし、付き合っていた相手も外国人だった。

苦手になったのは、帰国間際のある事件がきっかけになっていたのだけれど、それ以来僕は、外国人とは握手どころか、話すことも、それどころか、こうして狭い室内で向かい合っていることすら苦痛になってしまったのだった。

外国人が苦手であるのならなぜ、貿易が主流の総合商社を就職先に選んだのだろうと不審に思われるかもしれないが、その理由はいたって簡単で、僕の日本語能力が一般的な日本の会社にはとても追いつかないからなのだった。

英語が必要とされない企業への就職活動には押しなべて敗退し、仕方なく僕は、先輩の引きで唯一引っかかったここ、三友商事に就職することになったのだ。

商社に勤めるからには、外国人が苦手だなどとはそうそういってはいられないだろうと諦《あきら》めてはいたが、配属された部が国内営業メインで、外国人との付き合いはほとんどないと聞かされ、ほっとした。

だがまさか、その国内営業の部の中に『外国人』がいただけでなく、それが自分の教育係であるという事実に驚いていた僕は、今の今まで自身の『苦手意識』を忘れてしまっていたのだが、頭よりも身体《からだ》がその『コンプレックス』を覚えていたようで、実際ウィルの手に触れたときには我慢できないほどの嫌悪感が込み上げてきた、というわけなのだった。

そんな僕の事情などまったく知らないウィルは手を握ったまま蒼白《そうはく》になっているだろう僕の顔を驚いて覗《のぞ》き込んできた。

「どうしたの？　大丈夫？」

「だ、大丈夫です」

やっぱりキツい——苦手意識を持ち始めてからは、よほどのことがない限り外国人との接触を避けまくっていた僕にとって、この近距離、この接触は越えがたいハードルだったということを、改めて自覚してしまっていた。

ここまでスムーズに——かはわからないが——彼と会話を続けてこられたことは、僕にとっては実は奇跡に近いのだ。普段の僕は、外国人から話しかけられると逃げるようにしてその場を離れてしまうほどで、こんなに長い時間、外国人と会話を交わしたことは帰国してからは一度もなかった。

だが、社会人たるもの、いつまでも『苦手』などといってはいられない。僕はなんとか平静さを保とうと努力しつつ、心配そうに眉を顰め、顔を覗き込んでいるウィルに必死の思いで笑顔を返した。

「体調でも悪いのかな？」

「いえ、大丈夫です」

外国人だと思うからいけない。日本人だ。こんなに流暢な日本語を話すんだから彼は日本人に違いない――『社会人たるもの』といいつつ、逃避としか思えない言葉を頭の中で繰り返してなんとか平静さを保とうとしている僕にウィルは、

「気分が悪かったら無理しないようにね」

やはりどう見ても日本人には見えない、それこそヨーロッパの貴公子のようなノーブルな笑顔を向けてきて、心の中で僕に深く溜《た》め息《いき》をつかせたのだった。

入社初日は仕事という仕事はなく、建築部の仕事の概要とこれから僕が担当する業務の説明を受けたくらいで終わった。明日から本格的な仕事の説明と、客先への挨拶に向かう、と言ったあと、ウィルはにこにこと僕に屈託のない笑顔を向けてきた。

「今晩、予定は空いてるかい？」

「え？」

ぴく、と頰が痙攣《けいれん》したのがわかった。今日一日をほぼウィルと二人きりで過ごした僕は、無理に笑顔を浮かべるこの状況にすでに疲れ果ててしまっていた。今夜の予定を聞かれたということは、これから飲みにでも誘われるのだろうかと予想し、思わず顔を引きつらせてしまったのだが、あまり当たってほしくないその予想はやはり当たってしまった。

「部の歓迎会はもちろん別にやるけど、今日は内輪で君の歓迎の意味も込めて飲みに行こうかと思うんだけど」

「あの……」

申し訳ないとは思ったが、これ以上ウィルの傍《そば》にいることが僕にはどうしても耐えられなかった。何度も言うが、ウィル本人がどうこうというわけじゃなく、外国人と向かい合い続けるということに我慢できなくなっていたのだ。

「申し訳ないのですが、ちょっと体調が……」

「え？」

まさか断るとは思っていなかったのだろう。ウィルは少し驚いたように目を見開いた。

「なんだよ、佐藤。初日から先輩の誘いを断るのか？」

横で話を聞いていた谷先輩が、じろりと僕を睨んでくる。いかにも体育会系のノリのその言葉に、ついついカチン、ときてしまった僕の頭から『申し訳ない』という気持ちが消えていった。

「体調がすぐれないので今日は帰ります」

ここまできっぱり言い切らなくてもよかったかも、という後悔が一瞬頭を掠《かす》めたが、申し訳なさそうに言おうが言うまいが、『行かない』というチョイスを覆すつもりはなかった。

「なんだと？」

「体調が悪いんじゃ仕方ないですよ」

僕の言い方が気に入らなかったんだろう、谷先輩が一瞬気色ばんだのをウィルは慌てて抑えると、先輩を睨み返していた僕に心配そうな視線を向けてきた。

「そういえばさっき凄く顔色悪かったもんな。お大事に」

「すみません……」

気を遣わせてしまったな、と思う僕の胸の中にはまた『申し訳ない』気持ちが戻ってくる。体育会系のノリは嫌いではあったが、さすがに僕も『歓迎会』をしてくれるというのを断るのがどれだけ失礼に当たるかくらいはわかっていた。

その誘いを断った挙げ句に、他《ほか》の先輩の怒りを買ったのを庇《かば》ってもらったことに対して当然感謝や謝罪の気持ちを抱くべきだとは思うし、実際抱いてもいたのだけれど、目の前の東洋人には持ち得ないウィルの白い肌やら青い目やらを見てしまうと、どうしても『やっぱり行きます』と言うことはできなかった。

「お先に失礼します」

「お疲れ様」

頭を下げ、谷先輩や丸山主任の冷たい視線の間を縫うようにしてそそくさとフロアを出ようとした僕を、ウィルは笑顔で見送ってくれたが、ふと思い出したように声をかけてきた。

「佐藤君は自宅だっけ。どこ?」

「藤沢《ふじさわ》です」

「そりゃ遠いな。寮には入らないのか?」

「……ええ……」

通勤圏内に自宅はあっても、会社の独身寮に入ることはできた。よほど家が近い者以外は、同期のほとんどが独身寮に入っている。同期や先輩との結束が深まる上に、通勤時間も片道三十分強のところにあるという立地のよさから、仕事に注力するためにも寮に入るのはいいことだ、と人事部も奨励しているくらいなのだが、どうしても僕には片道一時間半をかけての通勤を選ばなければならない理由があった。

「入ればいいじゃないか。人事に口きくよ」

「いえ、結構です」

ノーサンキューという言葉の素っ気なさは海外では気にも留められないものなのだが、僕が即答で断るとまたあたりに『不穏』としかいえない空気が流れた。

「なんだよ、せっかく神田がよかれと思って言ってやってるのに、その言い草はないだろう」

先ほどの腹立ちを引きずっているのだろう。谷先輩が僕を睨み、声を荒立てる。

「………………」

あなたには関係ない、と言おうかと思ったが、更に事態を悪化させるだけかと僕は喉元《のどもと》まで出ていた言葉を呑み込んだ。

本当なら『すみません』と頭の一つも下げればいいのだろうが、ウィルには悪いと思えても、谷先輩には下げる理由がない。

だいたい寮に入る入らないは個人の自由だろうと谷先輩を睨み返そうとした気配を察してか、またウィルが慌てて僕のほうへと駆け寄ってきた。

「余計なことを言って悪かったね。僕も自宅通勤組だ。何かと便利だものね」

「……はあ……」

ウィルこそ僕に対して謝る理由はないだろうに、場を丸く治めようというのか簡単に頭を下げてきた彼を、僕なんかよりよっぽど『事なかれ主義』の日本人らしいと、僕はなんともいえない思いで見やってしまった。

「仕事が忙しくなってくると通勤時間はネックになってくる。いつでも寮に入ることはできるから、辛《つら》くなったら言っておくれよね」

「はい」

多分そんな日は来ないだろうと思う——別に『辛くならない』と言っているわけではない。体力には恥ずかしながら少しも自信がないのである——そう思いながらも、さすがにそのまま口に出すことがいかにおとなげないかを知っている僕は、素直に頷くと再び、

「お先に失礼します」

とウィルと、そして周囲の人々に頭を下げ、フロアをあとにした。

「なんだか感じ悪いなあ。イマドキの若者は礼儀ってもんを知らないんじゃないか?」

「帰国子女だからでしょう。この業界、礼儀には煩《うるさ》いっていうのに、あれじゃあ今後苦労しそうですねえ」

わざと僕に聞かせようというつもりなんだろうか。それとももともと体育会系は声がでかいのか、丸山主任と谷先輩の声がエレベーターを待つ僕の耳にも響いてきた。

やれやれ——『誤解』とは言い切れない部分もあるが、先輩たちの僕の印象は今のところ悪いらしい。それこそ『今後苦労しそう』だと溜め息をついたところでエレベーターが到着

し、僕は彼らの声から解放されたのだった。

『何はともあれ、よろしく』

急速に下降するエレベーターに眩暈《めまい》を覚え、目を閉じた僕の瞼《まぶた》にウィルの笑顔が蘇る。

あのヨーロッパの王侯貴族のような白皙《はくせき》の美貌《びぼう》をこれから毎日見ることになるのか——彼が気を遣いすぎるほどに遣う、いい先輩だということはわかるのだが、今後彼との付き合いこそが『外国人コンプレックス』を持つ僕にとっての最大の『苦労』になるに違いない。

社会人としての新たな一歩を踏み出した途端に躓《つまず》いてしまった会社生活を思うと、僕は更に眩暈を覚えてしまったのだったが、さすがにこの先『眩暈』どころでは済まない日常が待ち受けているということまでは予測することはできなかった。

3

翌朝から始まった僕の会社生活は、予想したよりも随分大変なものだった。『泥くさい』という意味を辞書で引いてみた僕は、これから携わる世界がまさに『泥くさい』、古い慣習が生きている業界であることを身をもって体験することになった。

僕の仕事は、大型のビルやマンションの建築関係で、新築や改修するビルに、空調設備や衛生設備、電気設備を売り込むというものだ。

売り込み先は、ビルの建て主——施主というのだそうだ——や、サブコンといわれる設備工事会社、エレベーターなどの大型機械はゼネコンという建設工事会社になる。

僕が担当することになるのは『空調設備』で、早速配属翌日に僕はその空調設備を取り扱う工事業者数社に挨拶に行ったのだったが、挨拶を交わす彼らのあまりの『泥くささ』に辟《へき》易《えき》してしまったのだった。

「今日は新人を連れてきました」

ウィルに連れられ、各工事業者のまずは購買部に挨拶に行くと、ウィルがアポイントメントを入れているにもかかわらず、すべての会社で僕たちは二、三十分待たされた。

その挙げ句にウィルが僕を紹介しても、たいして興味を覚えるでもなく、

「それじゃあ」

と五分も経《た》たないうちに面談を切り上げられることが多かった。

中には、

「なんだ、おたくは新人にウチの会社任せるわけ？」

と、どう聞いても嫌味としか取れない言葉を、名刺を差し出す僕にぶつけるオヤジまでいて、礼儀を重んじる業界じゃなかったのかと僕は驚きと憤りを感じずにはいられなかった。

各社の購買部は押しなべてそんな感じの対応だったが、逆に営業の担当者たちは皆、愛想がよかった。挨拶に行けば必ず部屋に通され、コーヒーまで出てくるのだ。

「神田君もハンサムだけど、佐藤君も綺麗な顔だねえ」

「よろしく頼むよ」

購買部と営業部、同じ会社だというのに、この待遇の差はなんなのだと僕は首を傾げたのだったが、帰り道、ウィルが僕の疑問に答えてくれた。

「購買部というのは僕たちが仕事を貰《もら》いにいく部、営業部は僕たちに仕事の協力を頼みにくる部なんだよ」

「というと?」

「購買部にはウチが推薦したメーカーを使ってもらいたいから頭を下げなきゃいけない。あの会社が工事を請け負ったビルに関しては、何を使うか、または当社を商流に入れてもらえるかという決定権は購買にあるんだ。営業部は僕たちと一緒に、工事を請け負えるビルを探すのさ。彼らにとって、総合商社の情報やら人脈やらは使えるものだからね、だから愛想がいいんだよ」

「そういうものなんですか……」

「購買部の人たちも悪い人じゃないんだが、どうも権力を見せつけたがってね。それでわざと人を待たせたり、たまに理不尽なことを言ってきたりする。頭を低くしてやり過ごしていればいいから、これも仕事だと思ってあまり気にしないようにね」

「……はあ……」

本当にこの人は人間ができている、と僕は改めてウィルを尊敬していた。

だいたい工事業者は、入社するまで僕が名前も知らなかった会社ばかりで、その会社の購買担当者なども、言っちゃ悪いが世間でいえばどのくらいの地位にある人間だと首を傾げずにはいられないような冴《さ》えないオヤジたちばかりなのである。

三友商事といえば、財閥系の総合商社で社会人なら九割九分が知っている会社なのではないかと思うし、聞くところによるとウィルは東京大学出身らしいのである。

東大出のエリート商社マンが、理不尽なことばかりを言いまくるオヤジに笑顔で頭を下げる姿は僕の目にはあまりに新鮮に映ったのだが、この先自分が同じことをやるのかと思うと憂鬱《ゆううつ》にならずにはいられなかった。

憂鬱、といえば、会社生活のすべてが憂鬱の種だった。

ウィルは確かに人間のできた、めずらしいくらいのナイスガイだとは僕も思うのだが、いかんせん、外国人コンプレックスの僕にとっては彼と一日中べったり一緒に行動するのは苦痛でしかなかったのだ。

どうしても会話するのに二人の間は近距離になるし、タクシーの乗り合わせは勿論隣、混雑した電車での移動ではぴったりと身体を密着させることにもなってしまうため、彼と肌が接触するたびに僕は込み上げてくる嫌悪感を必死になって抑え込まなければならなかった。

いくらウィルが『いい人』だとわかっていても、これぱかりは仕方がないのだ。会話を交わすのも苦痛なので、僕の口数は少なく、ほとんど相槌《あいづち》しか打たない状態で話を聞いているのだが、それが傍《はた》から見ると『態度が悪い』と思われるようで、僕はよく谷先輩や丸山主任に睨まれ、課内でも浮いている存在になってしまっていた。

「佐藤君って、人見知りなのお？」

一週間もすると、僕に声をかけてくるのは教育係のウィル以外は、長谷川さんくらいになってしまっていた。部の歓迎会は半月後にあるのだが、この一週間、何度かウィルが僕を夜誘ったのを、すべて断っているうちに、僕は『扱いづらい奴』というレッテルを貼《は》られてしまったようだった。

「そういうわけじゃないんですが……」

もともと海外暮らしが長いからか、僕はどちらかというと社交的な性格——のはずだった。帰国前のある事件を経てからは、あまり人付き合いもしなくなっていたが、『人見知り』だという自覚はまるでない。

「じゃあ、ウィルと気が合わないとかあ？」

さすが九年目、長谷川さんは僕がウィルを避けていることを敏感に察しているようだった。まあ、会話のときに顔も見なければ、返事も「はい」か「いいえ」だけ、というこの状況では、気づかない人間はよほど鈍いか人に興味がないか、という感じではあるのだが、それでも直接の疑問を僕にぶつけてきたのは彼女が初めてだった。どうやら長谷川さんは課の中で浮きまくっている僕を心配してくれているらしい。申し訳ないな、とは思ったが、とても『外国人コンプレックスなんです』と正直に答えることは僕にはできなかった。

言えば必ず、なぜそんなコンプレックスを抱くようになったのかを追究されるに違いない。きっかけとなった事件は口にするのは勿論、思い出すだけでも酷い苦痛を覚えるもので、それを人に説明する気にはなれないでいた。

「気が合わないというわけでは……ウィルさんにはよくしてもらってますし」

「そうだよう。あんないい先輩、滅多にいないよう」

うんうん、と、とても三十過ぎには見えない可憐《かれん》な顔に大真面目《おおまじめ》な表情を浮かべて頷くと、長谷川さんはじっと僕を見上げてきた。

「ウィルも結構気にしてるみたいだしい、気が合わないいんじゃないなら、一回くらい飲みに付き合ってあげてもいいんじゃないかなあ」

「はい……」

言われるまでもなく、ウィルが僕の態度を気にしていることは、僕にもよくわかっていた。あれだけ親切に一から十まで教えてもらっているにもかかわらず、『はい』とか『いいえ』しか答えないのは失礼にもほどがある。それでもウィルは僕に対する態度を変えることなく、相変わらず親切に指導し続けてくれていて、そのことでも僕は、なんて人間ができた人だと尊敬してはいたのだが、それでも彼と笑顔で応対することはどうしても辛くてできないのだった。

「ウィルも初めての『教育係』で凄い張り切ってたしい、新人さんが来るの、本当に楽しみにしてたんだよねえ」

「……はい……」

「明日は初接待なんでしょお？　そのあと二人で飲みに行ったらあ？」

「…………そ、そうですね……」

屈託ない笑顔を向けてきた長谷川さんに僕も笑顔を返したのだったが、明日の接待を思うと気が重くなってしまうのを止めることはできなかった。

接待先は工事業者の購買で、一応僕の歓迎会ということにはなっているが、それを肴《さかな》にタダメシを食いたいというのがミエミエだった。各社の中でも一番下品で感じが悪いそのオヤジの接待は憂鬱でしかないのだが、なんでも大きな案件を抱えているとのことで、ウィルは何を言われても笑顔で応対していた。

接待だけでも気が重いのに、そのあとウィルと二人で飲みに行くとなると、気が重いどころでは済まなくなる。長谷川さんの気遣いはありがたかったが、誘われても多分僕は断るだろうな、と思いながら、翌日、ウィルに連れられ生まれて初めての接待に向かった。

「ちょっと過激な飲みでびっくりするかもしれないけれど、こういう世界もあるってことで、社会勉強のつもりで出るといいかもよ」

先方の購買課長から、堅苦しい席は嫌だと言われたとかで、当社からの出席は丸山主任と、ウィル、そして僕の若手三人だけだった。柳《やなぎ》課長も——配属日、大阪に出張していた彼は、関西出身だそうで、いかにも大阪の商人のような雰囲気の気のいいおじさんだった——今晩の接待先、大宮《おおみや》設備の田上《たがみ》購買課長は苦手のようで、助かったとばかりに丸山主任とウィルにすべてを任せ、僕たちは三人で店へと向かうべくタクシーに乗り込んだ。

助手席に座った僕に、ウィルは相変わらずにこにこと優しげな笑みを浮かべながらそんなことを教えてくれた。

「そうなんですか」

一方答える僕の声は、いつものように素っ気ない。わざとじゃないのだ。事前に知識を入れてくれていることに感謝してはいるのだが、どうしてもウィルとの会話を避けるあまりに『態度が悪い』と思われても仕方のないリアクションを僕はとってしまっていた。

「大切な客先だからな。失礼なことだけはするなよ」

愛想のない僕を見かねてか、丸山主任が後ろから厳しい声をかけてくる。

「はい」

ウィルに素っ気ない返事をしておいて、丸山主任に丁寧に答えるわけにもいかず、またも『はい』だけしか答えなかった僕の耳に、主任のあからさまな溜め息の音が聞こえてきた。

「大丈夫かねえ。田上課長は難しい人だから、機嫌を損ねるとマズいぜ」

主任が話す相手はウィルなのだが、僕に聞かせようとしている意図はミエミエだった。

「大丈夫ですよ。ね、佐藤君」

「……はい……」

ウィルの明るい声がした、と同時に後ろから伸びてきた手が僕の肩をぽん、と叩く。途端に顔が引きつり、我ながら強張《こわば》った声で無愛想な答えを返してしまったのは、思いもかけずウィルに触れられたからだったのだが、そんなことが彼らにわかるわけもなかった。

「どうでもいいが、失礼な真似《まね》だけはするなよ」

やれやれ、とまたあからさまに溜め息をつきながら、丸山主任が呆《あき》れた声を出す。

「はい……」

答えながら僕はちらとバックミラー越しに後ろの座席を見やったのだが、そのとき僕をじっと見つめるウィルと目が合ってしまった。

「………」

その瞬間、にこ、と微笑みかけてきた彼に僕もなんとか笑顔を返したものの、それまで彼が浮かべていた表情のほうが僕には酷く気になった。

なんというか——とても思い詰めたような顔を、彼はしていたのだ。

ウィルの立場になってみるとそんな顔をする気持ちもわからないではない。新人である僕がいつまで経ってもなつかない上に、課内の先輩からの評判も悪いとあっては、頭を抱えたくなるというものだろう。

何か自分の指導方法に問題があるのではないかと、いらぬ悩みを抱かせてしまっているのかもしれないと思うとウィルへの申し訳なさも募ったが、彼には問題がないのだと教えてやることはやはりできなかった。

すべては僕の『外国人コンプレックス』のせいなのだ、とウィルが聞いたとしたら、その方が彼を落ち込ませるに違いない。この問題ばかりは僕が努力してもどうにもならない以上に、ウィルにとっても改善のしようがないことだ。言えばかえって彼を傷つけることになるだろう。僕が『態度の悪い新人』を貫く道を選んだのはそのためだった。

三ヶ月我慢すれば、新人の教育期間も終わる。同じ課であることには変わりはないが、接触は今より減るに違いない。建築一課は課員たちが『少数精鋭』と自ら称しているように人が足りず、皆、それぞれの担当を持っていてあまり課員同士の仕事の繫《つな》がりはないようだった。きっとウィルとも距離を置いて——物理的にも精神的にも——付き合えるようになるに違いない。

お互いそれまでの辛抱だから、と僕はあまりにも自分勝手なことを思いつつ、またちらとミラー越しにウィルの顔を見やったのだが、ウィルは丸山主任と話し中で今度は僕の視線に気づかないようだった。

やがて車は予約した日本料理の店に到着し、僕は生まれて初めての『接待』に臨むことになったのだが、ウィルが予告したとおりそれはあまりに、よくいえばコアな——ストレートに言えば、『酷い』としかいいようのない下品な席だった。

まず田上課長は三十分遅れてきた。一次会の店は一人八千円の懐石のコースで、超高級というわけではないが、それなりに雰囲気のいい店だったのだが、田上課長の口には合わなかったようで、デザートを待たずして彼は二次会に行きたがった。

二次会の店に行って初めて僕は、田上課長が『接待』に求めていたのはコレか、と納得した。料理などはどうでもいいのだ。というのも二次会に彼が行きたいと言ったのは、六本木《ろっぽんぎ》にあるキャバクラだったのである。

きゃあきゃあと騒ぐキャバクラ嬢を五人ほどはべらせた途端、田上課長は上機嫌になった。ウィルも丸山主任も笑って輪の中に入っていたが、はっきりいってこの手の店は初体験の僕は、何がなんだかわからずに呆然としてしまっていた。

「いやあん、新人さんなのお？　めちゃめちゃ綺麗じゃなあい」

「ほんとだあ。ねえねえ、名前なんていうのお？」

キャバクラ嬢たちが次々と話しかけてくるのに立ち往生しているのを、ウィルが、

「佐藤君っていうんだけどね、今日の主役は田上さんだからね」

にこにこ笑いながら上手く田上課長へと誘導してくれたおかげで、気分を害しかけていた課長はまた笑顔になると、大声で下ネタを話しながら、やたらと女の子の身体にタッチし始め、場は一気に下品な雰囲気ながらも盛り上がっていった。

もうついていけない——がははと大笑いする田上課長と、きゃあきゃあ騒ぐ女の子たちと、そんな彼らをにこにこ笑いながら見守る先輩たちの図、というのに耐えられなくなり、僕は一人こっそり席を立って手洗いに向かった。

『泥くさい』——ドメスティックなビジネスここに極まれり、という感じだなと思いながら用を足しているとトイレのドアが開き、丸山主任が入ってきた。

「あ」

「なんだ、佐藤、逃げてきたか」

丸山主任は笑ってそう言うと、僕の横で用を足し始めた。

「逃げてきたというわけでは……」

「初回がコレじゃあ、驚くのも無理ないが、ほんと、カンベンしてほしいよなあ」

やれやれと肩を竦めたところを見ると、あの場では笑っていたが主任も参っていたらしい。

「……いつもこんな感じなんでしょうか」

思わず問いかけてしまった僕に、主任は、「ああ」と心底嫌そうな顔をして頷くと、用を足し終わった自身をスラックスに仕舞った。

「キャバクラはまだいい方で、ストリップに連れていけだの、もっときわどいフーゾクに行きたいだの、無茶言うオヤジもいるんだよ」

「ストリップ……」

信じられない、と唖然《あぜん》とした僕は、今度は主任と並んで手を洗いながら、驚くべき彼の話にますます言葉を失った。

「そういう店だと領収証貰ってもさすがに回せないだろう？　ほんと、コッチは苦労するよ。田上課長は佐藤の担当になりそうだから、お前もすぐにキャバクラには詳しくならざるを得なくなるだろうな」

「……す、凄い世界ですね」

他に言うべき言葉もなくてそう相槌を打った僕に、丸山主任は、

「建築業界はなんていうか、十年十五年は時代に遅れてるからな」

仕方がないよ、と、まるで自分に言い聞かせるようにそう言い、肩を竦めてみせた。

「……そうなんですか……」

確かにこの業界、『遅れている』と思うことはままあった。大切なのはまず『通う』ことだと、ウィルはまるで御用聞きのように毎日各社を回っている。顔を見せれば何か情報をくれることもある、商談に結びつくこともある、という説明を受けたとき、このＩＴの時代になんとレトロな、と僕は驚いてしまったのだった。

「旧態依然とした業界だからさ、ウィルも入社当時は凄い苦労したんだぜ」

丸山主任は席に戻るのが憂鬱だからだろうか、手を洗ったあともトイレ内に留《とど》まり僕に話しかけてきた。

「え？」

「中身はともかく、あいつ、見た目は外国人だろ？　ガイジンに何がわかるってだいぶサブコンのオヤジには苛《いじ》められたらしいんだが、本人の努力のおかげで今じゃすっかり彼らの心を捉《とら》えて、商売の話をよく貰ってきてる。誰《だれ》より嫌な思いをしただろうに、そこまでいい関係に持っていくなんて後輩ながら凄いと感心するよ」

「……………」

ウィルが外国人であることで差別をされた、という主任の話に、僕の胸の古傷がズキ、と痛んだ。忘れたいのに忘れられない過去が頭に蘇りそうになる。

いけない、と慌てて浮かびかけたあのときの風景を胸の奥に押し戻そうとしていた僕に、丸山主任は、ずい、と顔を近づけ顔を覗き込んできた。

「本当にあいつはいい奴だぞ？　佐藤が何を気に入らんのかは知らんが、今の態度はないんじゃないか？」

「すみません……」

酔った勢いもあるのだろう。陰では言われている覚悟はあったが、面と向かってウィルとのことを注意されたのは初めてだった。注意されても仕方のない振る舞いをしているのだから、『すみません』としか言えないのだけれど、これからもきっと改善されないであろうことは自分が一番わかるだけに、僕はなんの言い訳もすることができなかった。

ただ『すみません』とだけ言って頭を下げた僕に、丸山主任は何か言いたそうな素振りをしていたが、やがて小さく溜め息をつくと、

「そろそろ戻るか」

と僕を促した。

「はい」

「ほんと、頼むよ。佐藤」

　バン、と丸山主任が僕の背中をどやしつける。

「……すみません」

　それでも僕は『はい』と頷くことができなかったのだが、丸山主任はちらと僕を見下ろしただけでそれ以上は何も言わず、「行こう」と先に立ってトイレを出た。

　僕たちが席に戻ったときには場は更に下品な話題で盛り上がっていた。

「だからさあ、ガイジンはブツはでかいけど、硬くはならねえんだって。やっぱりブツは日本男児が一番よ」

「いやあん、えっちい」

「ガイジンのなんか見たことないもん。わかんないよう」

　店中に響き渡るような大きな声で、田上課長が猥談《わいだん》をしているのに、女の子たちが調子を合わせて騒いでいる。ウィルは相変わらずにこにこしていたが、僕たちが戻ったのを見て、やれやれ、というように軽く肩を竦めてみせた。さすがの彼もいい加減カンベンしてほしいと思っているようだ。

　その様子が目に入ったのだろうか。いきなり田上課長が身を乗り出してきたかと思うと、びしっと音が出るほどの勢いでウィルの顔を指差してきた。

「はい？」

「ガイジンならここにいるじゃねえか」

「え？」

一体何を言い出したのか、と眉を顰めたのは僕だけではなかった。丸山主任も、その場にいた女の子も、指差された当の本人のウィルも何事かというように目を見開く中、田上課長はにたりと、『下卑た』としかいえないような笑いを浮かべると、あまりに常識外れなことを言い出した。

「えりちゃん、ガイジンのナニ、見たコトないって言ったよなあ？」

「言ったけどお？」

えりちゃんと呼ばれた女の子が、何、というように口を尖らせる。

「見せたるよ。ほら、今こいつがズボン下ろすからさあ」

「え？」

「いやあん、またまたあ」

きゃあ、と女の子たちの嬌声《きょうせい》が上がる。まったくなんという趣味の悪いジョークだ。少しも笑えたものじゃない、と僕は憤りを感じつつ、それでもにこにこと少し困ったように笑っているウィルと、酔いで真っ赤になった顔をてらてらとてからせている田上課長をかわるがわるに見やってしまった。

その場にいた全員が――きゃあきゃあと騒ぐ女の子たちも、困ったように笑う丸山主任やウィルも、田上課長の言葉は趣味の悪い冗談としか受け止めていなかった。

だが田上課長がいきなり席を立ち、ウィルの腕を摑《つか》んで立ち上がらせながら言った言葉に、彼が決して冗談など言ったわけではないということを改めて知らされたのだった。

「ほら、ウィリアム。とっとと脱げよ。えりちゃんにガイジンのフニャチン、見せてやれって」

「え」

ウィルの顔色が一瞬変わった。その場にいた女の子たちも言葉を失い、場はしんとなったが、すぐに気を取り直したえりちゃんという女の子が、フォローの相槌を打った。

「いやあん、えり、別に見たくないもおん」

よかった——あたりがまたどっと笑いに包まれたとき、僕も、隣に座る丸山主任も思わず安堵の息を漏らしてしまったのだが、田上課長の嫌がらせとしか思えない行為はしつこかった。

「そんなこと言うなよ。一度見とけって。ほら、ウィリアム、脱げよ。パンツ下ろして、見せてやれって」

乱暴にウィルの手を引きながら声を張り上げる田上課長に、また場は一瞬しん、となる。

一体、彼はなぜそんなにしつこくウィルに脱げ脱げ言っているのだろうと眉を顰めた僕に、横から丸山主任がその答えを教えてくれた。

「田上課長、あのえりちゃんってキャバクラ嬢にゾッコンなんだけど、彼女が相手にしないもんだから神田にあたってるんだよ」

「そうなんですか」

そんな理由で、と僕は困ったようにもじもじしているその『えりちゃん』という子を改めて見やった。確かに色白の可愛い子だ。時折申し訳なさそうな視線をウィルに向けている。それがますます田上課長の苛々《いらいら》を誘うようで、課長は更に大きな声でウィルを怒鳴り始めてしまった。

「ほら、脱げってんだよ。俺の言うことがきけねえのか？」

「もお、田上さあん、いいじゃないのお」

「そうそう。ガイジンのフニャチンなんか見たくないよう」

女の子たちのフォローはすべてウィルを守ることに向かっているように僕には見えた。人の顔色を見ることはどちらかというと苦手な僕にすらわかったということは、当然当事者の田上課長もひしひしと感じたようで、

「面白くねえなあ」

ウィルの腕を離してまたドサっと席に座ると、隣に座る女の子の頭を、かなり強い力で叩いたのだった。

「いたあい」

「何が痛いだよ。まったくもう、ガイジンの肩持ちやがってよう」

今度は田上課長は反対側の女の子の頭を叩く。まったくなんという男だと呆れるのをとおり越し、腹立ちすら感じていた僕が思わず彼を怒鳴りつけようとしたとき——。

「それじゃ、脱ぎますか」

ウィルの明るい声が周囲に響き、僕も女の子も、田上課長すらも驚いて、立ったままでいた彼に注目した。

「か、神田さあん」

えりちゃんが心配そうにウィルを見上げる。

「お見せしないと田上さんの気が済まないみたいだからね」

ウィルはにっこりと彼女に微笑みかけたあと、やにわに上着を脱ぎ始めた。

「それでいいんだよ。ほらあ、みんな、滅多に見れねえガイジンのフニャチンだぜ」

途端に上機嫌になった田上が、先ほど頭を叩いた女の子たちの肩に腕を回し、身を乗り出してくる。

「自慢できるようなブツじゃないんですけどね」

まさか本当に脱ぐ気だろうか——啞然として状況を見守っていた僕の前で、ウィルはかちゃかちゃと音を立て、ベルトを外し始めてしまった。

「あいつ、場を治めようとして……」

丸山主任がやりきれないという声を出す。まさかそれだけのためにこんな場所でズボンを下ろすのか、と、ますます唖然としてしまっていた僕の耳に、田上課長の下卑ただみ声が響いてきた。

「ガイジンのナニはどうなってんだか、とっくり拝ませてもらおうぜ」

『日本人のソコはどうなってんだか、見せてもらおうじゃないか』

田上課長の言葉を聞いた途端、僕の脳裏に最も思い出したくない光景が一瞬蘇った。

「おいっ」

横で慌てた丸山主任の声を聞いた気がしたが、そのときには僕は立ち上がり、目の前の水割り用の氷入れを田上課長めがけて投げつけてしまっていた。

「痛っ」

「きゃあっ」

「いやあん、つめたいい‼」

氷入れは見事に田上課長に命中したが、周囲にいたキャバクラ嬢にも水はかかってしまったようだ。衝撃によろけたときに課長の手が泳ぎ、机の上の水割りのグラスを倒す。女の子たちの悲鳴と、ガシャガシャガシャーンという音があたりに響き渡り、店内は一時物凄い喧《けん》騒《そう》に包まれた。

「佐藤君！」

ウィルがベルトに手をかけたまま驚いたように目を見開いている。

「てめえっ」

ようやく自分に何が起こったのかわかったようで、スーツの前をびしょびしょに濡《ぬ》らした田上課長がテーブルを跨《また》いで僕の胸倉を摑んできた。

「なにしやがるっ」

『いい加減にしろっ！　この豚野郎っ！』

伸びてきた手を払いのけ、田上課長を怒鳴りつけた僕の言葉は——英語だった。

『一体何様だと思ってるんだ！　サブコンだかなんだか知らないが、会社の威光を笠に着やがって、おまえ自身が偉いわけじゃないだろうっ！　本当にお前は最低のくそったれ野郎だっ！　地獄に落ちやがれっ』

興奮すると日本語ではなく英語が出てしまう。今、僕はこれ以上はないというくらいにこの田上課長に腹を立てていた。

昔から僕はカッとなると見境がなくなってしまうのだ。おとなしそうに見えるのにすぐカッとなる僕には『瞬間湯沸かし器』というあだ名がついたこともあった。

カッとなったきっかけは、忘れたい過去のスイッチが入ってしまったからなのだが、今日

一日の『接待』での田上課長の傍若無人さに、すでに僕の我慢のキャパは限界まできていたらしかった。

がんがん英語で怒鳴りつける僕を、課長は呆然と見つめていたが、『ファックユー』くらいはさすがにわかったらしい。

「わけわかんないこと、べらべら喋りやがって。何がアメリカ帰りの新人だっ！　お前、自分の立場がわかってるのかっ」

「た、田上さん、落ち着いてください」

またも僕の胸倉を摑んできた田上課長を、横にいた体育会系丸山主任が必死に抑えようとしている。どうみても僕には力がないと見抜いてくれたらしい。

『立場がわかってないのはお前じゃないか。いい大人が恥ずかしくないのか？　いい加減にしろよっ』

「佐藤も、もういいっ！　これ以上田上さんを興奮させるな」

困り果てた声で丸山主任が叫んだとき、彼の手を振り払った田上課長は更に『おとなげない』振る舞いに出た。

「なにをーっ！」

そう叫んだかと思うと、なんとテーブルの上の水割りのグラスを手当たり次第にその場にいた店内の人間に撒《ま》き散らし始めたのである。

「やめてっ！　田上さん、やめてっ」
「いやあん、冷たいい」
「おい、なんの騒ぎだっ！　やめろっ」
店中が大騒ぎになってしまった中、僕もウィルも、そして丸山主任も頭の上から爪先《つまさき》まで
ぐっしょりと水割りに濡れながらもなんとか田上課長を押さえ込み、彼を店から引きずり出
すことに成功した。
「お、お疲れ様でした」
停《と》まっていた空車のタクシーに暴れる彼を押し込み、運転手に住所を告げて僕たちは彼を
見送ったあと、また店に戻って店主に平謝りに謝った。
「もう、出入り禁止ですから」
今夜は営業にならない、と店主は酷く怒っていたが、田上のことは今までにも腹に据えか
ねていたらしく、
「おたくたちも大変だと思うからね」
と肩を竦め、壊したグラスや濡らした店内の設備の弁償をしろとは言わなかった。
「まったくもう、いきなり怒り出す奴があるか」
すべてが終わったあと、丸山主任は僕の頭を軽く叩いたが、そんなに怒っているようには
見えなかった。

「……すみません」

「まあ、俺もどさくさに紛《まぎ》れて田上に蹴《け》り入れてやったから、人のことは言えないけどな」

にや、と笑って丸山主任はまた僕の頭を叩く。やはり彼も腹に据えかねていたのだ、と思うとなんだかやけに嬉しくなってしまって、僕も丸山主任に笑顔を返した。

「……本当にすみません」

横からウィルがなかなか複雑そうな顔をして、丸山主任と僕に頭を下げてくる。

「お前は何一つ悪いことしてないじゃないか」

謝ることはない、と主任はウィルの肩を叩くと、

「風邪《かぜ》ひかないうちに帰ろうぜ」

と先に立って大通りへと向かい始めた。

「……佐藤君」

主任のあとに続いた僕の後ろから、ウィルが声をかけてくる。

「はい？」

「よかったらウチに来ないか」

「え？」

いきなり何を言い出したのだろう、と驚いて振り返った僕に、ウィルが駆け寄ってきた。

「そんなびしょ濡れのまま藤沢まで帰ったら風邪をひくよ。ウチで服を乾かしていくとい

い」

「いえ、結構です」

思わず僕が大きな声を上げてしまったのは、ウィルがいきなり僕の肩を抱いてきたからだった。びくっと大きく身体が震えた途端、くしゃん、とはずみで大きなくしゃみが出てしまう。

「ほら、もう風邪ひきそうじゃないか」

「そうだよ、この寒空に、そのまま一時間も電車に揺られりゃ風邪ひくぞ」

先に立って歩いていた丸山主任は、タクシーを捕まえていたらしい。一台、停まった個人タクシーのドアを押さえ、

「先、乗ってけ」

とウィルと僕に向かって大きく手招きしてきた。

「いいんですか?」

「おお、すぐ来るからさ」

ウィルが申し訳なさそうな顔をしながらも、僕の肩を抱いたまま主任の停めてくれた車に乗り込もうとする。

「ぼ、僕はいいです、ほんと……」

「遠慮すんな、それじゃあな」

よくやった、と勢いよくドアを閉めてくれながら——自動ドアだから必要はないのだが——丸山主任が僕とウィルに手を振ってみせる。

遠慮じゃないんですけど——がたがたと身体が震え続けているのは、がっちりとウィルの手が僕の肩に回ったままだからなのだが、ウィルはそれを僕が寒がっていると勘違いしてしまっていた。

「ほら、こんなに震えてるじゃないか。早くウチで風呂《ふろ》に入ったほうがいいよ」

にこにこと笑いながら、ウィルが僕の身体の震えを止めようとするかのように、ぎゅっと強く肩を抱いてくる。

カンベンしてください——。

だが僕の心の叫びはウィルに届くことはなかった。

「すみません、月島《つきしま》行ってください」

明るい声で運転手に行き先を告げたウィルに更に力強く肩を抱かれ、嫌悪感からほとんど固まって身動きもとれずにいた僕は、思いもかけずにこんな夜中に彼の家を訪問することになってしまったのだった。

4

六本木から月島に到着するのにそれほど時間はかからなかった。

「申し訳なかったね」

車の中でがたがたと震える僕の肩を抱きながら、ウィルは何度かそう言い頭を下げてきたのだが、それに僕は首を横に振ることしかできないでいた――早い話、ウィルに触れられているために、固まってしまって言葉が出なかったのだ。

「君にも嫌な思いをさせた。申し訳なかった」

何も喋らない僕にウィルはますます気を遣い、更に深く頭を下げてくるのだが、彼が謝ることはないのに、と震えながらも僕は心の中で思っていた。

悪いのはすべて、キャバクラ嬢に相手にされないという馬鹿げた理由で、人前でズボンを下ろせなどと言い出した田上課長だ。その上、あの店で騒ぎを起こしたのは誰あろう僕なのだ。ウィルは単なる被害者に過ぎないのだから申し訳ながる必要などない、と言ってやりたかったが、言葉は全然出てこなかった。ただ首を横に振る僕にウィルが何度目かの「申し訳ない」を告げたとき、車は月島の彼の家に到着した。

「どうぞ」

月島というと、もんじゃ焼きで有名な下町である——というくらいの知識しかなかった僕は、狭い路地を入ったところにある古い日本家屋に『これが下町の家か』という感慨を持ちながらウィルのあとに続いて引き戸を入った。

「ただいま。ごめん、タオルあるかな」

「おかえり」

ガラガラと音を立てて引き戸を開けたウィルが、家の中に向かって大きな声を上げる。造りは古いが広い家だな、と思っていると、奥の座敷の襖《ふすま》が開いて、おばあさんが顔を出し、僕たちの姿を見て驚いたような顔になったかと思うとぱたぱたと廊下を走ってきた。

「どうしたんだい、一郎《いちろう》?」

「へ?」

なんで僕の名前を知ってるんだ——?

思わず素《す》っ頓狂《とんきょう》な声を上げてしまった僕に、今度はおばあさんが驚き、

「え?」

と目を見開いて僕を見た。

「おばあちゃん、彼も『イチロー』って名前なんだよ」

お互いびっくりし合っている僕たちの横で、ウィルがおばあさんにそう告げたあと、今度は僕に向かって、

「僕は家では『イチロー』と呼ばれてるんだよ」

にっこり笑って教えてくれた。

「へえ?」

なんでだろう——という疑問に首を傾げた僕の前で、おばあさんは、

「あら、そうなのかい」

と納得したように笑ったあと、改めて僕とウィルの格好に驚きの声を上げた。

「なんだってそんなにびしょ濡れなんだい? 雨でも降ったかねえ?」

「雨じゃないんだけど、すぐ風呂に入りたいんだ。沸いてるかな?」

「ああ、沸いてるよ。そろそろ一郎が帰る頃じゃないかと思ってね。早くお入り。風邪ひくよ」

「ありがとう。おばあちゃん」

やはり『一郎』と呼ばれるたびに僕は思わずおばあさんの顔を見てしまう。ふくよかで、綺麗な顔をしたおばあさんだったが、どこからどう見ても生粋の日本人に見え、ウィルとは少しも似ていなかった。僕の視線に気づいたおばあさんは、ちょっと照れたように笑うと、

「さあさあ、イチローさんもどうぞ」

と僕の前にスリッパを出し、先に立って歩き始めた。

「……」

「上がってくれよ」

隣で靴を脱いだウィルが僕に手を差し出してくる。

「お、お邪魔します」

彼に手を引かれるより前にと僕も靴を脱ぎ、おばあさんのあとに続いて玄関に近い部屋へと入ると、そこは洗面所兼脱衣所のようだった。曇りガラスの引き戸の向こうが浴室のようだ。

「タオルはここに入ってるからね。何か着替えを出しておこうかね」

「お願いするよ、おばあちゃん」

当然のようにウィルも脱衣所へと入ってきて、おもむろに濡れた服を脱ぎ始めた。

「あの……」

狭い脱衣所で次々と服を脱ぐウィルを前に、僕はまさか、と思わずその場で固まってしまっていた。

どう考えてもウィルは僕と『一緒に入る』つもりなんじゃないだろうか――マズい、と僕は慌ててぽんぽんと服を脱ぎ捨ててゆくウィルに必死の思いで声をかけた。

「なに?」

僕の呼びかけに振り返った彼は、あとは靴下を残すのみという姿になっていた。服を着ているときには細身に見える彼だが、服の下には鍛え上げられた筋肉を隠しており、あまりに見事な体躯《たいく》に思わず僕の目は釘《くぎ》づけになってしまっていた。

厚い胸板。高い腰。発達した大腿筋《だいたいきん》の盛り上がりも素晴らしい長い脚——。まるでギリシャの彫像のようだとウィルの裸体に見惚《みと》れてしまっていた僕は、再度彼に、

「なに?」

と声をかけられ、はっと我に返った。

「あ、あの、僕は外で待ってるので、お先にどうぞ」

いくら見事とはいえ、裸に見惚れるとは恥ずかしすぎる。だいたい『外国人コンプレックス』はどうしたと僕はあわあわとしてしまいながらそれだけ言い切ると、

「それじゃ」

と脱衣所を駆け出そうとした。

「待って」

そんな僕の腕を後ろからウィルは摑み、僕の動きを制してくる。

「はい?」

またもびくっと身体を震わせてしまったのは、それこそ『外国人コンプレックス』のなせ

るわざだったのだが、ウィルはそれを僕が寒がっていると勘違いしたようだった。

「男同士だもの。一緒に入ろう。まあ、確かにそう広くはない風呂だけど、無理すれば一緒に入れないこともないよ」

「け、結構です」

無理してまで入る理由は僕にはないのだ。それどころか、絶対に人とは一緒に風呂に入りたくない理由があった僕は、彼の腕を振り解《ほど》くとまた脱衣所を駆け出ようとした。

「待ちなさいって」

またもウィルの手が伸びてきて、僕の腕を摑んでくる。

「恥ずかしがってる場合じゃないよ。濡れた服は体温を奪うからね、風邪をひくよ」

「いや、別に恥ずかしいってわけじゃ……」

見事な裸体を誇るウィルの前で、自分の貧相な身体を晒《さら》さなければならないのは充分に『恥ずかしい』ことなのかもしれないが、それとはまったく別次元のところに僕は人前で服を脱げない理由を持っていた。決して人に知られたくないその理由を自分からウィルに告げることなどできるわけがなく、僕はまたも彼の手を振り切ろうとしたのだが、親切な彼は僕に風邪をひかすまいということに必死なようで、強引に僕の腕を摑むと彼のほうへと引き寄せた。

「わ」

そのまま胸に倒れ込みそうになった僕のスーツの上着を、ウィルは器用に僕の身体から剝《は》ぎ取ると、続いてネクタイを外そうとしてきた。

「や、やめてください」

「こうなったら実力行使だ。君には即刻風呂に入ってもらいたいから」

にこにこ笑いながらウィルが僕のネクタイを引き抜き、シャツのボタンへと手をかける。

「ちょ、ちょっと……」

抵抗したくても僕の身体は、ウィルに服を脱がされているという事実を前に固まってしまい、手を上げることもできなくなっていた。

まずい――ウィルの手がボタンを外し切り、僕からシャツを脱がしたあとに、下着代わりのTシャツにかかる。裾《すそ》を引き出しそれも僕から剝ぎ取ろうとした彼の手が――止まった。

「佐藤君……」

戸惑いを隠せないウィルの声が頭の上でしたが、僕は顔を上げることができなかった。彼が何を見たかを思うと、ただでさえ身動きのとれない身体が更に動けなくなってしまっていた。

僕が決して人前で服を脱げない理由――寮の風呂が皆共同の『大浴場』であったために、片道一時間半の通勤時間をかけても自宅から通うしかなかったというその理由は、僕の身体に残る火傷《やけど》の痕《あと》にあった。

胸に、腹に、腕の内側に、背中に、何ヶ所も残る火傷の痕――何も知らない人間が見ても眉を顰めるであろう醜いその痕は、見る人が見ればなんの傷だか一目瞭然《りょうぜん》のものだった。

それは煙草《たばこ》の火を押し当てられた火傷の痕――帰国間際にハイスクールで級友たちから受けた、集団リンチの際につけられた痕だったのだ。

「…………」

ウィルにはその傷が語る意味がわかったに違いない。慌てて彼は捲《めく》りかけた僕のシャツを下ろすと、小さな声で僕に詫びた。

「すまなかった……」

「……いえ……」

気づかれてしまった――二度と思い出したくない過去の情景が僕の脳裏に蘇りそうになっていたのは、決して人に知られたくないと思っていたこの傷を、ウィルに見られたショックからかもしれなかった。

ウィルはこの傷について、どうしたのだと聞いてくるに違いない。説明するどころか思い出すのも嫌なあの過去と、僕はまたも向かい合わなければならなくなるのだろうか――嫌だ、それだけは嫌だ、と思う僕の身体はまたがたがたと震えてきてしまっていた。

自分で自分を抱き締め、身体の震えを抑え込もうとしていた僕の頭の上から、ウィルの声が降ってきた。

「……君が先に入ってくれ。僕は外で待っているから」

「え」

理由を聞かれるのではなかった――思わず顔を上げてしまった僕に、ウィルは少し困ったような顔をして微笑んだあと、また酷く真剣な顔になった。

「本当に申し訳なかった」

「……いえ……」

深く頭を下げた彼は、バスタオルを手早く腰に巻くとそのままドアを出ていってしまった。

「…………」

バタン、とドアが閉まったのを見た僕の口から、我知らず大きな溜め息が漏れる。

何も聞かなかったな――。

親切な彼のことだ。てっきり何があったのかを根掘り葉掘り聞いてくると思っていた予感が外れたことに、僕はしばらくぼんやりとその場に立ち尽くしてしまったのだが、安堵が僕の感覚を正常に戻してくれたようで、今度は正真正銘、寒さにがたがたと身体が震え出した。

慌てて服を脱ぎ去り、引き戸を開けて風呂場へと入る。大きな檜《ひのき》造り――だと思う――の風呂は大人二人が入るのも余裕の大きさだった。

広い湯船に浸《つ》かった途端、僕は自分の身体がいかに冷え切っていたかに改めて気づかされた。確かにこのまま自宅になど帰っていたら風邪をひいていたに違いない――ゆったりした湯船の、少し熱いくらいの湯が冷えた身体には心地《ここち》よい。やれやれ、と溜め息をついた僕の脳裏にふとウィルの顔が浮かんだ。

今頃彼も寒さに震えているのではないだろうか。

『本当に申し訳なかった』

深く頭を下げてきたウィルの、痛ましそうな顔と共に、白い肌が寒そうに総毛立っていた様子が僕の頭に蘇る。

無理やり服を脱がされたことを責める気にはなれなかった。僕に風邪をひかすまいと思ってしたことだというのは、彼にその意図を説明されるまでもなくわかっていたからだ。

彼こそ風邪をひいてしまうかもしれないと僕は身体を洗うのも早々に済ませ、風呂から上がることにした。気を抜くとまた、思い出したくもない過去に囚《とら》われそうになる。何も考えまいと自分の身体に残る傷痕から目を逸《そ》らし、ざば、と音を立てて勢いよく僕は湯船を飛び出した。

脱衣所からはいつの間にか僕のスーツが消えていて、代わりに新しい下着とバスタオル、それに浴衣《ゆかた》が置いてあった。丈が少し長いところを見るとウィルのものなのだろう。旅館にあるようなその浴衣に袖《そで》を通し、帯を適当に結んだが、着方が合っているかはよくわからなかった。

脱衣所を出て、さて、どこに行ったらいいのだろうと僕は周囲を見回したが、奥のほうで人の声がするのに気づき、とりあえずはそこに向かうことにした。

「まったく、夜中になんてえ騒ぎだ」

廊下を歩いていくと、老人の声が聞こえてきた。

「すみません」

謝っているウィルの声がする。そういえばこの家の家族構成はどうなっているのだろう——出迎えてくれたのはウィルの『おばあちゃん』だとすると、どうやら怒っているらしいあの老人は『おじいちゃん』なのだろうかと思いながら、僕はおずおずと少し開いていた襖の間から灯《あか》りの漏れていた室内を覗き込んだ。

「ああ、上がったのか」

僕に笑顔で声をかけてきたウィルと、先ほどのおばあさんの他に、部屋の中にはやはり『おじいちゃん』らしき人がいた。じろ、と僕を睨んできたその『おじいちゃん』の年齢はよくわからなかったが、老人にしてはめずらしく——などと言うと怒られるに決まっているが——背の高そうな、ガタイのいい人物だった。ごま塩、というには白髪の多い頭を五分刈りにしている顔は精悍《せいかん》そのもので、ぱっと見、大工の『棟梁』とか、『親方』とか呼ばれる職業についている人に見える。『おばあちゃん』も綺麗な顔をしていたが、この『おじいちゃん』も端整な顔をしていた。顔立ちはやはりどう見ても日本人なのだが、なぜかウィルと少し似ているという印象を抱かせる、そんな彼は僕が頭を下げると、

「どうも」

と無愛想に返事をしたあと、ふい、と横を向いてしまった。

「随分早かったけど、ちゃんと温まったかい？」

「ええ。こちらこそすみません。先に入らせてもらってしまって」

僕のために襖を大きく開けてくれたウィルはすでに浴衣を着ていた。おじいさんも浴衣を着ているところを見ると、この家の寝巻きは浴衣なのかもしれない。日本の一般家庭で浴衣を寝巻きに着用する率はどれほどかはわからないが、それほど高くはないんじゃないだろうか。純和風のこの家の佇《たたず》まいといい、室内の調度品といい、そして彼らの浴衣姿といい、古きよき日本の慣習がめずらしくも残っている、ここはそんな家庭なのではないかと思っていた僕は、おばあさんの、

「早く一郎もお風呂、いただいてらっしゃい」

という言葉に我に返った。

「はい？」

入ってきたばかりなのだがと思いつつ返事をしたあと、そういえばウィルも『イチロー』と呼ばれていたのだということを思い出し、僕は慌てて、「すみません」とおばあさんに頭

を下げた。

「いえいえ、ごめんなさいね、ややこしくて」

おばあさんはにこにこ笑いながら僕に座るように促し、僕用らしい茶を淹《い》れながら、おじいさんに向かい、

「この子も『イチロー』という名前なんですって」

と説明したのだが、おじいさんはたいして興味もないのか、そっぽを向いたままだった。

どうやら彼は機嫌が悪いらしい。さすがに鈍い僕でもわかるほどあからさまな彼の様子を前に、おばあさんとウィルは顔を見合わせて肩を竦めたあと、僕に申し訳ない、というような視線を向けてきた。

そういえばさっき、『こんな夜中に騒ぎやがって』というようなことをおじいさんは言っていた。確かに人の家を訪問するには遅すぎる時間である。騒ぎというほどの騒ぎではなかったとは思うが、老人は早寝の上に眠りが浅いというから僕たちの帰宅で目を醒《さ》まし、それで不機嫌なのかもしれない――本人に知れたら『人を年寄り扱いしやがって』とますます怒られそうなことを考えていた僕は、とりあえず夜中の訪問の非礼を詫びるべきかな、と改めておじいさんに向かって、頭を下げた。

「夜中に突然お邪魔してすみませんでした」

「まったくでえ。うかうか寝てられねえじゃねえか」

「え」

『そんなことないですよ』――日本人なら当然そういうリアクションをとってくるだろうと思った僕の予想は綺麗に外れた。更に無愛想な口調でそう言い捨てたおじいさんを前に愕然《がくぜん》としていた僕の様子を見かねておばあさんが、

「まあまあ、おじいさんたら、なんですか」

とフォローを入れてくれるのだが、おじいさんはそっぽを向いたまま返事をしようともしない。

「気にしないでくださいねえ。はい、お茶」

「すみません」

気にするなと言われても、この状況を気にしないでいられる神経の太さは僕にはなかった。参ったなあ、と思っている僕の心中を察してか、気づけばまだ室内にいたウィルが、おじいさんに向かって僕をフォローし始めた。

「佐藤君を無理に連れてきたのは僕なんだよ。接待中にちょっと客ともめてずぶ濡れになってしまったものだから、風邪ひかせちゃいけないと思って」

「あらまあ、お客さんともめたってどういうことなんだい？」

話している相手はおじいさんなのだが、ウィルの言葉に驚いたのはおばあさんのほうだった。

「雨も降ってないのにずぶ濡れでおかしいとは思ってたんだけど、なに、喧嘩《けんか》でもしたのかい？」

「まあね」

ウィルはしまったな、というような顔をして笑ったが、おばあさんはますます心配そうな顔になり、ウィルに立て続けに質問してきた。

「お客さんと喧嘩なんかして、大丈夫なのかい？　会社、クビになったりしないかねえ」

「大丈夫だと思うよ。喧嘩ってほどじゃないんだ。ちょっと怒らせてしまっただけでね」

「怒らせただなんて、一郎、一体お前、何したんだい？」

「だからたいしたことないんだって」

大丈夫だよ、と笑うウィルをおばあさんは尚も心配そうに問い質《ただ》している。どう宥めようかと困っているような顔をしているウィルを見ているうちに、僕は口を挟まずにはいられなくなった。

「あの、違うんです」

「え？」

「佐藤君？」

おばあさんとウィルが同時に僕の顔を見る。

「客と喧嘩したのは僕で、ウィルさんはその喧嘩を止めてくれただけなんで……」

「おやまあ。イチローさんが喧嘩したのかい」

おばあさんは心底驚いたような大声を上げ、まじまじと僕を見つめてきた。

「はい？」

「こんな女の子みたいに綺麗な顔した子が喧嘩だなんて、あらあら」

「いや、別に綺麗じゃないですが、そういうわけなんでウィルさんは悪くないんです」

『あらあら』と言われても事実は事実だ。なんで『綺麗』が関係してくるかはわからないが言いたいことだけは言っておこうと僕はそう言葉を足した。

「違うんだよ、おばあちゃん。佐藤君は僕を庇って喧嘩してくれたんだよ」

慌てたようにウィルが僕とおばあさんの会話に割り込んできた。

「庇って？」

「そうなんだ。客が僕の外見のことで嫌がらせのようなことを言ってきてね、それを佐藤君は僕の代わりに怒ってくれたんだよ」

「まあ、そうだったのかい」

『外見のことで』という言葉を聞いたおばあさんは途端に眉を顰めた。一瞬絶句したあと相槌を打ったおばあさんに、ウィルはまた苦笑するように笑うと、

「明日謝りに行くから。大丈夫だよ」

ね、と今度は僕に向かって笑いかけてきた。

「はい……」

やはり謝りに行かなければならないんだろうな、と肩を竦めた僕にウィルはまた、にこ、と笑いかけると、僕とおばあさんに向かって、

「それじゃあ風呂に入ってくるね」

と踵《きびす》を返しかけた。

「ああ、そうだった、早く温まっておいでよ」

おばあさんが彼の背中に声をかけるのと同時に、僕の耳は信じられない言葉を聞いた。

「そんなナリしてるんだ、何言われても仕方ねえだろ」

「なに？」

吐き捨てるような言葉に実際声を上げたのは僕だけだった。ウィルの足は一瞬止まりかけたし、おばあさんも驚いたように顔を上げたけれど、二人とも何事もなかったかのように、ウィルはそのまま部屋を出ていこうとし、おばあさんはちゃぶ台を拭き始めたものだから、最初僕は幻聴でも聞いたのかと勘違いしたくらいだった。

だが、僕の『なに？』という言葉に答えるように、彼が――おじいさんが繰り返した言葉は幻聴なんかじゃなく現実のもので、あまりに酷い彼の言葉に僕は思わず立ち上がり、怒声を上げてしまったのだった。

「そんなチャラチャラしたナリしてるんだ、何言われても文句は言えねえだろうってんだ

よ」

「なんだって?」

「佐藤君」

僕の上げた大声にウィルは驚いたように振り返ると、慌てて僕へと駆け寄ってきたが、僕はすでにおじいさんに向かって怒鳴り始めてしまっていた。

「ふざけんなよ、じじい! 今、なんて言った?」

「じじいとはなんでえっ」

じじい——は確かに言いすぎだったかもしれないが、カッと血が上ってしまった頭では言葉に抑制がきかなかったのだ。ともすれば英語になってしまいそうになるのを無理やり日本語に変換しているものだから、だんだん自分でも何を言ってるのかがわからなくなってしまいながらも、僕はおじいさんを怒鳴りつけてしまっていた。

「あんた、ウィルがどれだけ嫌な思いしたかわかってそんなこと言ってるのかよ? 仕事だと思って笑って我慢してる彼の気持ちを考えたことあんのか? 家族ならそんなとき、いたわってやるもんだろ? なんだって追い剝ぎに遭うようなこと言うんだよっ」

「佐藤君、いいから」

「いってえなんだっていうんだ、このボウズはっ」

目の前のおじいさんが、怒りで真っ赤になった顔で僕に怒鳴り返してくる。僕の顔は多分、彼より真っ赤になっているに違いなかった。

僕は今、猛烈に腹を立てていた。かつて海外で、日本人であるというだけで差別を受けたときの辛い思いを、僕はいつしかウィルに重ねてしまっていたのだろう。

実際彼が傷ついたかどうかはわからない。が、あまりに思いやりのないおじいさんの言葉を聞いた途端、自分が受けた酷い仕打ちが一気に僕の中に蘇り、それで後先考えずに彼を怒鳴りつけてしまったのだった。

「おじいさんもいい加減になさいな。血圧上がりますよ」

茹蛸《ゆでだこ》のような顔で僕を怒鳴りつけるおじいさんに、おばあさんが慌てて駆け寄り、彼の腕に手をかける。と、おじいさんはその手を乱暴に振り払うと、いきなりその場で立ち上がった。

「不愉快《ふゆけえ》だっ！　寝るっ」

宣言したと同時に立ち上がり、乱暴に襖を開けておじいさんは部屋を出ていこうとする。

「謝れよっ！　ウィルに謝れっ」

思わずその背中に怒声を浴びせてしまった僕の肩にウィルの両手が回った。

「佐藤君、本当にいいから」

「何がいいんだよっ」

僕は思わずウィルに怒鳴り返し——あまりに近いところにある彼の青い瞳に改めて気づい

てしまったことで、忘れていた外国人コンプレックスが蘇り、びく、と身体を震わせた。

「……いいんだよ。どうもありがとう」

肩を抱かれたまま顔を強張らせている僕を見てウィルはどう思ったのか、にこ、とどこか困ったような笑いを浮かべると、ぽんぽん、と僕の肩を叩いてすぐに身体を離した。

「……おばあちゃんも、ごめんね」

「早くお風呂、入ってらっしゃい」

肩越しにおばあさんを振り返ったウィルが小さく頭を下げるのに、おばあさんもやはり困ったような笑顔を浮かべながら、静かな声でそう言った。

「うん」

頷いたウィルが部屋を出てゆく。音を立てずに襖が閉められたとき、僕の前でおばあさんは、はあ、と小さく溜め息をついた。

「あの……」

よく考えれば――いや、考えなくても――人の家に世話になった挙げ句に、その家の人を怒鳴りつけてしまうなんて、酷く失礼なことをしてしまったような気がする。

本当ならおじいさんに謝るべきなんだろうがと思いながらも、僕は改めておばあさんの前で、

「本当にすみませんでした」

と深く頭を下げた。

「……『追い剝ぎ』はねえ、泥棒のことだよ」

そんな僕の頭の上から、笑いを堪《こら》えたようなおばあさんの声が降ってきた。

「え？」

なんのことだろう――？　わからず顔を上げた僕に、おばあさんはにこにこ笑いながら話しかけてきた。

「ほら、さっき、おじいさんを怒鳴ったとき。多分イチローさんは『追い討ちをかける』って言いたかったんじゃないかねえ」

「あ」

そういえばそんな言い間違いをしてしまったような気がする――時代劇じゃあるまいし、『追い剝ぎに遭う』じゃないだろうと、恥ずかしさのあまり僕の頭にはかあっと血が上ってきた。

「す、すみません。日本語はちょっと苦手で……」

「苦手って、いやあねえ、また冗談ばっかり」

あはは、と女の人にしては豪快に笑ったおばあさん――彼女の名はさおりさんというのだそうだ。ちなみにおじいさんの名は寅吉《とらきち》さんというそうである――は、僕に改めて茶を勧め、僕たちは二人してちゃぶ台を囲んで茶を飲み始めた。淹れてもらった茶を飲みながら、僕はさおりおばあさんに、海外暮らしが長いために、本当に日本語が『苦手』であることを説明した。

「あらあら、それはごめんなさいね」

途端に申し訳なさそうな顔になったおばあさんに、そういうつもりで言ったのではないと、僕は慌てて言い足すと、自分も昔海外で、『日本人』だからといって苛められたことがあり、それでついついおじいさんの言葉にカッとなってしまったのだ、と、先ほどの自分の失礼な振る舞いを詫びた。

「本当にすみませんでした」

「いえいえ、気にしないでくださいねえ」

にこにこ笑いながらさおりおばあさんは僕の前で手をひらひらと振ってみせたあと、ずず、と茶を啜《すす》った。僕もつられたように、茶を啜る。

「おじいさんもねえ……」

なんとなく会話が途絶えてしまった束の間《つかのま》の沈黙のあと、ぽつん、とまるで独り言のような小さな声でさおりおばあさんが呟《つぶや》いた。

「……え？」

「わかっちゃいるとは思うんだけどねえ……年とると、ますます頑固になってしまうものなのかねえ」

「……はい？」

なんの話をしているのだろう、と僕は首を傾げ、思わずおばあさんの顔を覗き込んでしまったのだが、おばあさんは僕の視線を避けるようにしてまた茶を啜ると、

「さて、それじゃ、お布団でも敷きましょうかね」

タン、と音を立てて湯飲みを置き、よいしょ、と立ち上がった。

「布団？」

「そう、イチローさんも今夜は泊まっていかれるでしょう？」

「と、泊まる⁇」

そんな話は聞いてない。僕は「とんでもない」とぶんぶんと首を横に振ったのだったが、

「だって洋服だって乾いちゃいないし、だいたい風呂上がりに外なんか出ちゃあ、風邪ひいてしまいますよ」

ほらほら、とおばあさんに強引に押し切られ、なぜかウィルの部屋があるという二階で僕と彼のために布団を敷く手伝いをさせられてしまっていた。

「いや、ほんと、帰りますので」

「ウチはなんにも、遠慮することないんですよ。明日までにはスーツにもアイロンかけておいてあげるしね」

「そんな、いいです。悪いから」

いくら言ってもおばあさんは『遠慮はいらない』とにこにこ笑うばかりで、帰るので服を返してくれという僕の頼みを決して聞いてくれようとはしなかった。

「なんだ、布団敷いてくれたの」

そのうちウィルが風呂から上がってきて、二人がかりの『泊まれ泊まれ』攻撃にはとても太刀打《たちう》ちができなかった僕は、あろうことかウィルの部屋に——なんとも彼にはミスマッチな、八畳ほどの畳敷きの和室だったのだが——二つ並べられた布団で、彼と枕《まくら》を並べて寝なければならない状況へと陥ってしまったのだった。

5

参った――。

なぜかウィルの家に泊まることになってしまった僕には、『遅いからもう寝よう』と彼が電気を消してから三十分ほど経ったというのに、ちっとも眠気が襲ってこなかった。

だいたい外国人と一つ部屋にいるのも苦手な僕が、手を伸ばせば――って、絶対にそんなチャレンジはしないと思うが――届くところに互いの布団があるという近距離で外国人と枕を並べ、眠れるはずがなかったのである。

やはり帰ると強硬に主張すべきだったかと、僕は音を立てぬように寝返りを打ち、小さく溜め息をついた。隣でコトリとも音を立てないウィルはもう、寝てしまったのではないかと思ったからである。

本当に今日はいろいろなことがあった。下品な接待に同席し、下品なオヤジと喧嘩したあとには、こうしてウィルの家に連れてこられた挙げ句に、なぜか彼と布団を並べてしまっている。

ああ、そうだ。ウィルには身体に残る古傷も見られたのだった、と僕は浴衣の上から、胸に残る火傷の痕をそっと撫《な》でた。

胸に一つ、腹のあたりに一つ、それから腕の内側と、ああ、背中にもあったんだっけな——煙草の火を押し当てられたこの火傷の痕は、傷そのものの醜さと共に、そのときの状況を思い出してしまうという理由で直視するのは耐えられず、あえて見ぬようにしているせいで、どんなに醜い痕が残っているかを実は僕はきちんと確かめたことがないのだった。

見ないようにしていても、胸や腹、それに腕の痕は着替えるときに嫌でも目に入ってしまう。この火傷の痕を見るたびに、僕はあの日、僕の身体に面白がって煙草の火を押しつけてきた級友たちの顔を思い出し、やりきれない気持ちに陥ってしまうのが常だった。

あれから五年という長い年月が経ったというのに、どうして忘れたい記憶に限って少しも色褪《いろあ》せることなく残っているのだろうと思う自分の女々しさがまた情けない。

忘れよう——忘れてしまうより他ないじゃないか、とこれまで何千回、何万回も自身に言い聞かせた言葉を心の中で繰り返し、いい加減眠ろう、とごろりと寝返りを打ったとき、

「眠れないのかい」

暗闇《くらやみ》の中、いきなり響いてきた涼やかな声に、僕は驚いて思わず、

「はい？」

と返事をしてしまった。

しまった、寝たふりをしていればよかったのだ、と気づいたときには遅かった。

「枕が変わると眠れないのかな」

ウィルが話しながらこっちを向いた気配がする。このままだと会話が始まってしまうじゃないかと溜め息をつきかけた僕だったが、不思議といつも強張ってしまう身体はリラックスしたままだった。暗闇の中、隣の布団で眠るウィルはシルエットでしか見えない。声だけ聞いていれば生粋の日本人にしか思えないからだろうか、などと変に納得しながら、それでも僕はいつものような素っ気ない相槌を打ってしまっていた。

「そういうわけでもないんですが」

「そう」

ウィルが笑った気配がした。相変わらず顔はよく見えないが、声の調子でわかったのだ。その『笑い』が『苦笑』であることも同時に察した僕は、暗闇の中、態度の悪い自分を反省した。

「……それにしても君は本当に見た目を裏切るね」

しばらくの沈黙の後、ウィルが突然思い出したようにそんなことを言い出した。

「見た目？」

「ああ。おとなしいタイプなのかと思っていたのに、あんなに怒りっぽいとは思わなかった」

「……すみません……」

決しておとなしくはないが、今日の僕は普段以上にそれこそ『怒りっぽ』かった。心持ち声が嗄《か》れているような気がするくらい、怒鳴りまくった気がする。その結果、ウィルにも迷惑をかけたのではないかと反省しつつ僕は彼に詫びたのだが、

「謝ることじゃないよ」

ウィルは明るくそう言うと、何を思い出したのかくすくすと笑い始めた。

「ウィルさん？」

「あの店で君が英語で怒鳴りつけてたときの、田上課長の顔……鳩《はと》が豆鉄砲食った顔っていうのはあんな顔なんだろうな、と思ったらもう可笑しくて」

「ああ……」

確かにあのとき田上課長は何事が起こったのかというように、ぽかんと口を開いた間抜け面をしていた。言われてみれば確かに『鳩に豆鉄砲』だったなと僕も思わず笑ってしまい、しばらくの間、僕たちの笑い声が天井に向かって響いた。

「……でも、嬉しかったよ。ありがとう」

やがて漣《さざなみ》のように笑いが引いていったあと、ぽつん、とウィルがそう言った。

「いえ、そんな……」

改めて礼など言われてしまうとなんだか照れてしまって、僕は自分も海外で差別的な発言

には腹立たしい思いをしたので、思わず怒鳴ってしまっただけなのだ、というようなことをもごもごと口籠もりながら彼に伝えた。

「……そうなんだ」

僕の聞き取りにくい声に耳を澄ましていてくれたらしいウィルは、静かにそう相槌を打つと、ぽつりと呟くようにこう言った。

「……まあこの外見だからね。何を言われても仕方がないとは思うよ」

『そんなチャラチャラしたナリしてるんだ、何言われても文句は言えねえだろうってんだよ』

彼の言葉を聞いた途端、僕の脳裏に吐き捨てるように言ったおじいさんの言葉が蘇った。まるで同じだ。僕が憤ったのは、(国籍《ナショナリティ》)──いや、(民族・人種《レイシャル》)か──という自分で選択できないことに関する差別が許せなかったからなのだが、ウィルはその差別をそのまま受け入れている。

彼は腹が立たないのだろうか──憤って当然だと思うのにあまりに穏やかな声でそう告げたウィルの本心を知りたくて、僕は思わず彼に問いかけていた。

「あの、どうして『仕方ない』なんて言えるんです」

「え?」

僕の唐突な問いに、ウィルは驚いた声を上げた。目の前の布団の山がもそもそと動く。ど

うやら仰向《あおむ》けになったらしい彼の、

「どうして……かなあ」

という呟きが天井に向かって響いていったが、その声はなぜか僕の耳にはひどくやるせなく聞こえていた。

「ヘンなこと聞いてすみません」

気にしていないわけがないし、腹が立たないわけもない。僕こそ彼に嫌な思いをさせているのではないかと僕は自分の問いを引っ込めようとしたのだが、ウィルは「ヘンじゃないよ」と笑うと、考え考え話し始めた。

「多分、僕は慣れてしまったんだと思う。子供の頃からずっと同じような目に遭ってきたからね」

「だからって……」

「え?」

『慣れて』しまうほどに嫌な思いをしてきたことを家族が知らないわけがない。なのになぜおじいさんはあんな酷いことを言えるのだろう——再び僕の中に湧《わ》き起こってきた憤りに、ウィルは気づいたらしかった。

「もしかしたら佐藤君は、僕の祖父のことを言いたいのかな」

「……え……」

僕の横の布団がまたもそもそと動き、ウィルが僕のほうを向いたのがわかった。

「……君が驚くのも無理はないのだけれど、祖父の気持ちを考えるとわからない話じゃなくてね」

「………」

天井に向かっていたウィルの柔らかな声音が今度は僕の耳を擽《くすぐ》るように響いてくる。テノール、というには少し低い、耳に心地よい声だった。だが思わず聞き惚《ほ》れそうになるその声で語られたウィルの生い立ちは、彼にとっては少しも『心地よい』ものではなかったということを間もなく僕は知ることになった。

「……この家の祖父母は僕の母の両親でね。見えないかもしれないが、これでも僕の身体には半分、日本人の血が流れてるんだよ」

「そうなんですか」

思わず驚きの声を上げてしまったのは、彼の面差しにまるで東洋人の面影がなかったからだった。普通、日本人と外国人のハーフの場合、子供の頃はともかく長じると日本人寄りの外見になることが多いと聞いている。僕の周囲にもハーフやクォーターはいたが、ウィルのようにいかにも白人、というような外見をしている者はいなかった。

「父親の遺伝子ばかりを貰ってしまったみたいで僕は父親にそっくりだそうなんだよ。母の通っていた大学にやってきた、イギリスからの留学生だったんだけどね」

やはりイギリス人だったか、と内心頷いた僕の横で、ウィルは両親の馴れ初めを話し始めた。

「母が十八歳、父が十九歳のときに二人は出会って、あっという間に恋に落ち、あっという間に母は僕を妊娠してしまった。祖父母にとって母は一人娘だった上に、年をとってからできた子だったもので、それはそれは大切に育ててきたそうでね、そんな母がいきなり『子供ができました』などと言い出したものだから、祖父はカンカンになったらしいんだよ」

想像できるだろう？　とウィルは笑ったが、僕は笑っていいものかわからず、「はい」と小さく頷くに留めた。

「しかも相手は日本語もろくすっぽできない外国人だ。ただでさえ若すぎると反対していた祖父は、子供ができたから結婚する、という母たちに、ガイジンなど信用できないと大反対し、結婚するなら出ていけと怒鳴りつけたんだそうだ。母も意地になってしまって、それなら出ていく、と大学の近くにアパートを借り、二人でバイトしながらままごとみたいな結婚生活を送っていた。幸い父親の実家が裕福だったので、仕送りに随分助けられたらしいけどね」

淡々と喋っていたウィルは一旦《いったん》ここで息をつき、言葉を途切れさせたが、やがてまた静かな声で話を続けた。

「やがて母は大学を辞めて僕を産んだ。届け出をしようという段になって初めて、父は母のことを母国の両親に知らせたらしい。日本で結婚などとんでもない、と猛反対にあった父は、イギリスからびっくりして飛んできた両親に連れ戻されてしまった。母も祖父に似て意地っ張りなところがあって、祖父に『ほらみたことか』と言われるのは悔しいと、しばらく一人で頑張ったらしい。けれど生まれたばかりの僕を抱えての生活は大変で、無茶のしすぎで身体を壊してしまって……」

「…………」

ウィルはここでまた一旦口を閉ざし、小さく息を吐いた。続く言葉を予測し、僕はじっと彼が口を開くのを待った。

「……いよいよどうにもならなくなった母が僕を連れて実家に戻ってきたとき、祖父はやっぱり『ほらみたことか』と言ったらしいが、反発する元気はもう母には残ってなくてね、間もなくこの家で母は亡くなった。相当無理をしていたらしくて、身体がボロボロだったらしい。祖母は母の意向を汲《く》んでイギリスの父に訃報を知らせたんだが、通り一遍の弔辞と金が送られてきただけだったそうだ。その金は怒った祖父が即刻送り返した。それでますます祖父の外国人嫌いには拍車がかかってしまってね」

くすす、とウィルは笑ったが、僕は笑うことも、相槌を打つこともできないでいた。ウィルは淡々と語ってはいたけれど、話される内容はあまりに痛ましくて、僕の目には涙が滲《にじ》んできてしまっていた。

怒りっぽくもあったが、僕の涙腺《るいせん》はやたらと緩いのだ。ウィルは何も言わない僕を一瞬窺《うかが》うように黙ったが、やがてまた淡々とした口調のまま話を続けていった。

「僕の面倒は祖父母がみるしかなかったんだが、祖父は父そっくりの僕の外見や、『ウィリアム』という名前を嫌ってね。名前は役所に届けてしまっていたので、せめて家では『一郎』と呼べと祖母に強要したんだそうだよ。祖父の気持ちもわからないでもない。本当に母を可愛がっていたらしいからね。その母が自分との諍《いさか》いで意地を張って、身体を壊してもうどうにもならなくなるところまで家に戻ってこなかったことに、祖父はやりきれなさを感じていたんだろう。そのやりきれなさを僕の父への憎しみにすり替えてしまうのは無理もなかったと思う」

「……そうだったんだ……」

「だから祖父は僕の顔を見ないで喋る。名前も自分がつけた『一郎』と呼ぶ……父そっくりの僕の外見が許せない祖父の気持ちはわかるからね、僕も祖父の前では『一郎』でありたいと思うし、外見だって日本人になれるものならなりたいと思うよ」

半ばふざけたような口調でウィルはそう言い、ふふ、と笑ってみせたのだったが、僕はなんだか胸がいっぱいになり、気づいたときには布団から起き上がっていた。

「佐藤君？」

「それで……それで本当にいいのか？」

「え？」

ウィルが驚いたような声を上げながら起き上がり、膝《ひざ》で僕のほうへと近づいてくる。一瞬身体が強張りかけたが、口から零れ出た言葉は止まらなかった。

「ウィルのおじいさんの気持ちは僕にもわからないでもないけれど、だからってそんな、自分の名前じゃない名前で呼ばれて、顔も見てもらえなくて、ほんとにそれで君はいいのか？」

「佐藤君……」

ウィルが戸惑いながらもまた一歩僕へと近づいてくる。

「家族なのに。身内なのにありのままの自分を受け入れてもらえないなんて、そんな、悲しすぎるよ。君は悲しくないのか？」

悲しくないわけがない——顔も見てもらえず、自分の名も呼んでもらえないなんて辛いに決まっているじゃないかと思う僕の目からは堪えきれない涙が零れ落ちてしまっていた。

「佐藤君」

「悲しいじゃないか。そんなの……そんなの酷いよ」

声が涙に掠れてくる。自分がなぜ泣いているのか、僕自身よくわかっていなかった。

『仕方がないよね』

諦めたように笑ったウィル——今夜の接待の席で何を言われても、笑顔で流していた彼。

きっと今までの彼の人生で、今夜のようなことは何度もあったと思う。嫌な思いもたくさんしてきたに違いない。それを癒《いや》してくれるのは彼の家族しかいなかっただろうに、その家族にまで『外国人』である外見を疎まれていたことを知らされ、僕はどうにもやりきれない気持ちになってしまっていた。

「悲しすぎるよ」

「佐藤君」

ウィルの手が伸びてきて僕の肩に回り、そっと背を抱き寄せてくる。暗闇に慣れてきた目があまりに近いところにあるウィルの金髪を捉えた途端、何を考えるより前に嫌悪感が先に立ち、僕は思わず彼の手を乱暴に払いのけてしまっていた。

「佐藤君?」

驚いたようにウィルが僕の顔を覗き込んでくる。

「ご、ごめん……」

全身に鳥肌が立っているのがわかる。震える身体を自分で抱き締めている僕の前で、ウィルが、「あ」と何かを思いついたような声を出したかと思うと、おもむろに立ち上がり、部屋の灯りをつけた。

「……っ」

眩《まぶ》しさに目を細めた僕に、ウィルは「ごめん」と困ったような笑顔を向けると、自分の布団の上に腰を下ろし、改めて僕に頭を下げてきた。

「……誤解したのかもしれないけれど、決して変なことをしようと思ったわけじゃないんだ」

「え？」

最初僕は彼が何を言っているのかがよくわからなかった。が、続いて彼が、僕に告げた言葉には驚き、思わず声を上げてしまったのだった。

「僕のために君が泣いてくれているのが申し訳なくてね、君の涙を止めたいと思っただけで、君をどうこうしようとか、そんな邪《よこしま》な気持ちを持ったわけじゃないんだ」

「そ、そんなつもりじゃ……」

「君はそれだけ綺麗だから、今までこの手の嫌な思いもしてきたんじゃないかと、今、初めて気づいたよ。悪いことをしてしまったと……」

「そうじゃないんです」

どうやらウィルは僕が彼の行為を、僕に対する性欲を感じてのものだと勘違いしたと思ったらしい。それこそ勘違いだ、と僕は慌てて首を横に振り、目の前で申し訳なさそうに頭を下げている彼に違うということを伝えようとしたのだが、ウィルは僕の言葉を遠慮ととってしまったらしく、顔を上げるとますます申し訳なさそうに滔々《とうとう》と喋り始めた。

「もしかしたら今まで僕のことを避けていたのも、僕がやたらと君の肩を抱いたり、握手だと言って手を握ったりしたからじゃないかと思ってね。男にそういう目で見られるのは、嫌な者にとっては耐えられないくらいに嫌だろう？　やっとそれに気づいた。本当に申し訳なかったね」

「違います、誤解です」

ウィルは風呂場で見た僕の火傷の痕から何かを連想したのかもしれない。その想像は多分、それほど外れてはいないのだろうが、根本的なところで彼は僕を誤解していた。

そう、別に僕は男に『そういう目』で見られることに関してはまったく嫌悪感など持たないのだ。なぜなら僕は――。

「誤解？」

「だって僕は――ゲイなんです」

「ゲイ？」

ウィルは相当驚いたらしく、大きな声を上げたのだが、それも失礼と思ったようで、慌てて口を押さえ、「ごめん」とまた小さく詫びた。

「そんな、謝らないでください」

なぜ僕はこんな話を彼にしようと思ったのだろう――。

ウィルの打ち明け話を聞いて、やるせない気持ちが最高潮に達してしまっていたからかもしれない。本人には少しも悪いところがないのに、『ごめん』と謝るウィルに対し、これ以上頭を下げさせたくないという気持ちもあった。

でもまさか僕が、彼に——触れられるだけで身体が強張るような外国人の外見をしている彼に、今まで誰にも打ち明けたことのない自身のトラウマを語ることになろうとは、少しも予測できなかった。

打ち明けることで軽蔑《けいべつ》されるかもしれない。かえって疎まれるかもしれない。『外国人コンプレックスだ』と言えば逆に彼を傷つけてしまうかもしれない——頭の中にはいろいろな思いが渦巻いていたが、気づいたときには僕はもう話し始めてしまっていた。

「……だから別に、たとえそういう目で見られていたとしてもまったく気にならないんです。ウィルさんにそのつもりがないということはもちろんわかってたし、いつも本当によくしてもらっているのに自分の態度が悪いことも反省してるんですが、どうしても我慢ができなくて……」

「我慢？」

僕のほうに身を乗り出していたウィルが、自分の布団の上に座り直しながらそう問いかけてきた。

「ええ……ウィルさんがどうこう、という話ではなくて、僕は実は——」

言ってもいいのだろうか——一瞬の躊躇《ちゅうちょ》の後、思い切って僕はウィルにそのままを告げたのだった。

「外国人コンプレックスなんです」

「え……?」

ウィルの眉が戸惑いに顰められる。わけがわからないに違いない彼に、僕はぽつぽつと自分の過去を話して聞かせた。

自分がゲイだと気づいたのは、十六歳のときだった。当時父の仕事の関係でロスにいた僕は、日本人学校ではなく地元のハイスクールに通っていた。

『好きだ』

クラスメートの男子に告白されたとき、少しも嫌悪感を覚えなかったことで僕は自分の嗜《し》好《こう》を知ったのだった。告白してきたのはベンジャミン——通称ベンという、学内でも人気のフットボールの花形選手で、彼のリードでキスを覚え、身体の関係も持つようになって、僕は彼に夢中になっていった。僕の恋人はゲイである自分を恥じていたので、二人の関係は秘密だった。僕もカミングアウトをする勇気はなかったので、二人の関係を人に言おうとは思わなかった。

『イチローは本当に綺麗だ』

『愛してる』

『君を思うと胸が高鳴る。もうどうにかなってしまいそうだ』

ハイティーンでもさすがアメリカ人、愛の言葉は豊富で、僕はそんなベンの言葉の一つ一つに有頂天になってしまっていたのだけれど、幸せな日々は一年も経たないうちに終わりを告げた。

あのとき僕らは何を考えていたのか——スリルを楽しみたいという理由だけだったと思うのだが、フットボールチームの部室で僕とベンが抱き合っているところをコーチに見つかってしまったのだ。

神聖な部室を汚したとベンは間もなく開催される予定だった地区大会への出場を取り消され、彼の力で今年は優勝も望めるのではと期待していた学校中の生徒に、僕たちの噂《うわさ》はあっという間に広まった。

ゲイであることが知れ渡り、僕は周囲から白い目で見られるようになった。二人が恋人同士だということは知られていなかったが、ベンと仲よくなりたい人間はたくさんいるというのに、常にべったり彼と一緒にいる僕に対し、皆はあまりいい感情を持っていなかったというのが僕への反感に拍車をかけた。

中でもフットボールチームの連中の僕への怒りは凄《すさ》まじかった。優勝を狙《ねら》えたはずの大会をふいにされた挙げ句に、自分たちのチームの花形選手の威光を地に落とされた怒りが皆で話しているうちに増幅されてしまったのだろう。あるとき僕はほとんど拉致《らち》するように彼らの部室に呼び出され、そこでリンチとしかいえない目に遭ったのだった。

最初は話を聞くというスタンスだったはずなのだが、屈強な男たちに囲まれ、恐怖から僕が逃げようとしたあたりから空気が変わり始めてしまった。誰が言い出したわけでもないのに気づけば僕は服を剝ぎ取られ、自分のタイで後ろ手に両手を縛られその場に転がされていた。

『大切なチームメートを誘惑しやがって』

『お前のおかげでフットボールチーム皆がゲイ扱いだ』

殴られているうちはまだマシだった。暴力が彼らの内に眠る加虐性に火をつけたのか、そのうち誰かが『制裁だ』と言い出し、煙草の火を身体に押し当ててきたあたりから、もう彼らの暴走は止まらなくなってしまった。

熱さと痛みに悲鳴を上げ、痙攣する僕の身体に、誰かの手がかかった。

『どうやってベンをたらし込んだんだよ』

『おい、こいつの肌、触ると手に吸いついてくるみたいだぜ』

次第に僕を取り巻く彼らの目の中に、暴力以外の焔《ほむら》が灯《とも》り始め、部室には異様な空気が流れていった。

『男を抱いたことある奴、いるか？』

『いるわけないだろう』

『どんな感じなのかな』

次第に彼らが別の種類の興奮に囚われていくのを、僕は痛みと恐怖で気を失いそうになりながら聞いていることしかできなかった。

『俺たちとはモノが違うのかもしれないな』

『日本人のソコはどうなってんだか、見せてもらおうじゃないか』

何本もの手が僕の身体に伸びてきて、僕は彼らの前で四つん這《ば》いのような格好を取らされた挙げ句に、煌々《こうこう》と灯りがつく下で自分の恥部を晒され、そして——。

「……何人に突っ込まれたのか、最後のほうは意識が朦朧《もうろう》としてしまってもうわからなかった。僕を抱いたあと、皆それがルールのように、僕の身体に唾《つば》を吐きかけ、次のチームメートにタッチするんだ。早く全員の番が終わってほしいとそればっかりを祈ってた……」

「…………」

話しているうちに、僕の脳裏にはあのときの情景がまざまざと浮かんできた。

苦痛という言葉では足りないくらいの出来事だった。肉体的な苦痛は勿論のこと、精神的にもあれほど辛い思いをしたことはなかった。

何より僕がショックを受けたのは、ベンの反応だった。

「最後の一人が終わったあと、制裁を加えてやったと誰かがベンを連れてきた。ベンはボロボロにされた僕に驚きはしたけれど、僕をそんな目に遭わせたチームメートを怒りはしなかった」

「なんだって?」

ウィルの目が驚いたように見開かれる。

そう――僕も驚いたのだ。僕はてっきり彼が僕に駆け寄り、『大丈夫か』と抱き締めてくれるものだとばかり思っていた。

『なんて酷いことをするんだ』

チームメートに食ってかかってくれるものだとばかり思っていたのだが、実際彼が彼らに言った言葉は――。


『彼がどんな目に遭おうと、僕には関係ないよ』


「……その言葉を聞いた瞬間、僕はもう何もかもが信じられなくなってしまってた。集団リンチに遭ったことが知れると僕の親は激怒し、父は断固学校に抗議してやると息巻いたのだけれど、世間に自分がゲイだと知れるのが嫌だからやめてほしい、日本に帰りたいと言って、一足先に母と二人で帰ってきてしまった。父も母も、僕がゲイだと告白したときにはさすがに驚いたけれど、それでも『それならこんな目に遭っても仕方がない』とは絶対に言わなかった。酷い酷いと僕のために泣いてくれる両親を見て、家族ってなんてありがたいんだろうと僕は本当に心から父に、母に感謝した」

「…………」

僕の言葉にウィルは無言で頷いただけだった。彼の祖父に対する僕の怒りを思い出したのかもしれない。決して自分の親と彼の祖父を比べたつもりはなかったのだが、同じことだったろうかと僕は慌てて、

「……だから何、というわけじゃないんだ」

と言葉を足したのだが、ウィルはわかっているというように微笑んでみせただけでやはり何も言わなかった。

「……そういうわけで帰国したんだけれど、それ以降、外国人が苦手になってしまったんだ。僕を酷い目に遭わせたのは特定の外国人に過ぎないのに、外国人と向かい合うと話をすることもできなくなってしまう。触れられると固まってしまう。忘れようと思っても、外国人を目の前にしていると、どうしても僕の頭にはあの言葉が——ベンが言った、『僕には関係ないよ』という言葉が浮かんできてしまって、叫び出したくなってしまう……いつまでも過去に囚われていたくないと思うのだけど、どうしても我慢できなくて——」

「佐藤君」

いつの間にかウィルは、痛ましそうな瞳を真っ直ぐに僕に向けてきていた。

「……本当に申し訳ないと思うのだけれど、ウィルさんを避けてしまうのはもう、自分ではどうしようもないんです」

「……辛い話をさせてしまって、悪かったね」

ウィルが真っ直ぐに僕へと手を伸ばしてくる。

「いえ……」

また彼は謝っている——悪いことなど何一つしていないというのに、と思いながらも僕の目は自分へと伸びてくる彼の手の行方《ゆくえ》を身を竦ませて見守っていた。

「……そんな辛い思いをしてきただなんて、知らなかった……なぜ打ち解けてもらえないのだろうとは思っていたが、そんな理由があっただなんて……」

ウィルの手が僕の腕を摑んだ。びく、と身体が震えてしまったが、彼の手は退いてはいかなかった。

「……あの……」

強張る顔を上げたとき、ウィルがまた膝で近づいてくるのが見え、僕はますますその場で固まり、じっとウィルの青い瞳を見返すことしかできなくなっていた。

「……今、僕は猛烈に君を抱き締めたいのだけれど……君にとってはやはり苦痛でしかないだろうか」

額が触れ合うほどに近くウィルが顔を寄せ、じっと僕を見下ろしてくる。

『はい』

身体はこれ以上はないほどに強張っていたし、胸には嫌悪感が込み上げてきてはいたのだけれど、僕はYESと頷くことができないでいた。ウィルの瞳があまりに真摯《しんし》な光を湛え、じっと僕を見下ろしていたからだ。

「……君の辛い思い出も、傷ついた心も、何もかもを受け止めてあげたい。不遜《ふそん》だと君は怒るかもしれないが、君のその『外国人コンプレックス』を治してあげたい」

「………」

ウィルの手が僕の肩から背に回り、ぐい、と僕の身体を抱き締めてきた。さあっと血の気が引いていき、一瞬吐き気が込み上げてきたものの、なぜか僕は彼の手を振り解くことはせず、浴衣の胸に頬を当てた姿勢のまま彼の胸に抱かれていた。

『怒るかもしれないが』と彼は言ったけれど、怒りは少しも胸に湧いては来なかった。怒りどころかウィルの言葉を聞いた途端、熱い思いが込み上げてきて、僕から言葉を奪っていた。

「……佐藤君」

ウィルが僕を抱いたまま、ゆっくりと体重をかけてくる。そのまま布団に横たわり、改めて彼の胸に抱かれたときには、僕の身体の強張りは随分解《ほぐ》れていた。

思い出したように彼が起き上がり、部屋の灯りを消してくれた。そのときなぜか僕は、温《ぬく》もりを惜しむようにその背に向かい手を伸ばしてしまっていた。

「……おやすみ」

再び僕の布団に戻ってきたウィルが、僕を胸に抱き寄せながら耳元で静かに囁いてくる。

「……おやすみなさい」

どうして僕はおとなしく彼の胸に抱かれたままでいるのだろう——首を傾げてしまいながらも、浴衣越しに伝わる彼の胸の鼓動の柔らかな響きにいつしか僕は眠りの世界へと引き込まれ、ここ数年味わったことのないような安らかな気持ちのまま、彼の腕の中で眠り込んでしまったようだった。

6

翌朝、僕が目覚めたときには傍らにウィルの姿はなかった。ぼんやりした頭のまま周囲を見回しているところに、着替えを済ませたウィルが現れ、

「おはよう」

と僕に笑いかけてきた。

「おはようございます」

「そろそろ朝食ができるから。着替えが終わったら降りておいでね」

どうやら洗濯してくれたらしい僕の下着とシャツを枕元に置き、ウィルはさっさと部屋を出ていってしまった。僕の身体に残る火傷の痕に気を遣ってくれたんだろうかと思いながら着替え始めた僕の頭に、昨夜《ゆうべ》、彼の胸に抱き寄せられたときの記憶が蘇ってくる。

『……君の辛い思い出も、傷ついた心も、何もかもを受け止めてあげたい』

耳元で囁かれた優しい声音――僕の胸を熱くしたこの言葉を語ったとき、彼はどんな顔を

していたのだったか――。

まるで夢をみているようだった。彼の悲しい生い立ちを聞いたことも、僕が誰にも語ったことのない過去を打ち明けたことも、すべてが僕の長い夢のようにも思えてくる。

だがそれらの出来事が決して夢ではないと知ったのは、着替えを終えた僕が階下に降りていき、「顔を洗いなよ」とウィルに洗面所に連れていかれたときだった。

「はい」

歯ブラシとタオルを渡すとき、ウィルの手が一瞬僕の手を握った。

「あの？」

「……僕の話を聞いてくれて……そして君の話をしてくれてどうもありがとう」

「え」

「ちゃんと礼を言ってなかったと思ってね」

少し照れたようにウィルは笑うと、

「それじゃ、終わったら昨日の座敷に来てくれ」

と僕の肩を叩き、洗面所を出ていった。

夢じゃなかったのか――呆然とその後ろ姿を見送っていた僕だが、その瞬間、はっとあることに気づき、我ながら愕然としてしまった。

今更気づくなという感じだが、ウィルに手を握られたときも、肩を叩かれたときも、僕の身体は、びくっと震えたり、強張ったりしなかったのだ。

「…………」

どうしたというのだろう。一晩抱き締められて、耐性ができた——というわけじゃないよな、と僕は自分に首を傾げてしまいながらも、いつまでもぼんやりしているわけにはいかないと慌てて歯を磨き、顔を洗ってウィルの待つ昨夜の座敷へと向かった。

「イチローさん、おはようございます」

座敷のちゃぶ台には朝食の用意が整っていた。笑顔で挨拶するおばあさんの前で、おじいさんは僕を見ようともせずぶすっとしたまま、すでに食事を始めている。

「おはようございます。あの……」

慌てて僕は洗濯してもらった礼を言うと、おばあさんは、「いえいえ」と笑顔で首を横に振り、

「よく眠れたかい？」

と僕に茶碗を手渡しながら尋ねてきた。

「はい。ありがとうございます」

「よかったわ。外国暮らしが長いんじゃあ、ベッドじゃないと眠れないんじゃないかと心配してたんだよ」

「勝手に人の家に泊まりやがったんだ。そんな心配《しんぺぇ》する必要ねえだろうよ」

僕ににこにこ笑いかけてくるおばあさんの前で、おじいさんが、けっとまるで吐き捨てるような口調で言ったのは、昨夜の僕の言葉を未だ怒っているからだろう。

「あの」

やはりここは謝っておくべきか、と僕はおじいさんに向き直り——同時に、言いたいことも言わせてもらおうと軽く息を吸い込んだ。

「昨夜は失礼なことを言ってしまい、申し訳ありませんでした」

深く頭を下げた僕に、おじいさんはまた「けっ」と一言言ったきり、顔を背けてしまった。

「いいんですよう」

おばあさんが気を遣い、慌ててとりなそうとする。

「佐藤君、早く食べないと遅刻だから」

ウィルも横からまるでフォローするようにそんなことを言い出したのだが、僕にはどうしてもおじいさんに言ってやりたいことがあった。

「失礼なことを言ったことはお詫びしますが、でも、ウィルさんの気持ちも考えてもらえないでしょうか」

「なんだと?」

「佐藤君?」

おじいさんがじろりと僕を睨む。一体何を言い出したのかとウィルが驚いたように僕を見る、その視線を感じながら、僕は自分の言いたいことを一気におじいさんに向かって吐き出していった。

「ウィルさんの名前はウィリアムで『一郎』じゃない。家族なんだからちゃんと正しい名前で呼んであげてほしいし、話すときはちゃんと顔を見て話してほしい」

「このボウズ、朝から何言ってやがるんでぇ」

おじいさんが戸惑いと怒りを交互に顔に表しながら、僕とウィルを交互に見やっている。

「いくら見た目が気に入らないからといっても、ウィルさんがウィルさんであることには変わりはないんだから。ありのままの彼を受け入れてやってほしいと言いたいんです」

「佐藤君」

「なんでこんなボウズに説教されなきゃならねえんだ」

ウィルが僕の名を呼ぶ横で、おじいさんは手にしていた箸《はし》をパシっとちゃぶ台の上に投げつけた。

「おじいさんたら」

「まったくもって不愉快《ふゆけえ》だっ」

そのままおじいさんは席を立ち、ずんずんと足音を響かせるようにして部屋を出ていってしまった。ピシャッとものすごい勢いで襖が閉まるのを呆然と見やっていた僕の後ろから、

「……ごめんなさいねえ」

静かなおばあさんの声がして、謝るのはこっちだと慌てて僕はおばあさんを振り返った。

「………すみません……家族のことに僕が口出すのも悪いとは思ったんですが……」

「……おじいさんも、頭ではわかっちゃいるんですよ」

おばあさんが困ったように笑って、おじいさんが投げ出した箸を揃《そろ》える。

「……え……」

「……ずっと後悔してると思いますよ。今だってきっと後悔してる。でも年寄りだからでしょうかねえ。わかっちゃいるけど、それなら、と行動には移せないんですよ」

「…………はあ……」

そういうものなのだろうか、と頷いた僕に、今度は前に座るウィルが、にっこり笑いながら話しかけてきた。

「祖父は確かに僕の顔を見ないし、名前も呼びはしないけどね、だからといって僕を可愛がってないというわけじゃないんだよ」

「ウィルさん……」

「子供の頃、風邪なんかひこうものならどんな夜中でも僕を抱いて医者に連れていってくれたしね。祖父は祖父なりに僕を思ってくれていることはわかっているから、別に顔を見てくれなくても、『ウィル』と呼んでくれなくてもいいか、と僕は思ってる」

「すみません……」

やはり余計なことをしてしまった――昨夜のウィルの話を聞いて、どうしても僕はおじいさんを説得したいと思ってしまったのだが、彼にとって、そして彼の家族にとっては、余計なお世話にすぎなかったことを察し、僕は小さな声でウィルに、そしておばあさんに詫び頭を下げた。

「謝ることなんかないですよう。イチローさんが一郎のことを――ウィルのことを思って言ってくださったってことは、ちゃあんとわかりますしね」

「そうだよ。嬉しかったよ」

おばあさんとウィルが慌ててフォローしてくれるのもなんだか申し訳なく感じてしまい、僕はまた「すみません」と頭を下げたのだったが、ウィルもおばあさんも「気にすることはない」と繰り返し、まるで遠慮合戦のようになってしまった。

「ああ、いけない。もう出なきゃ」

時計を見上げたウィルが慌てた声を出したのを機に、僕たちはおばあさん手作りの旨《うま》い朝食をかっ込み、彼の家を出ることになった。

「また遊びにいらっしゃい」

イチローさん、と見送ってくれるおばあさんに手を振り、僕たちはほとんど駆けるようにして駅へと向かった。

「出社したら早々に、田上課長に謝りに行こう」

「あ……」

すっかり忘れていた——騒ぎを起こした張本人は僕だというのに、正直な話、僕は彼に氷入れをぶつけて怒らせたことを完全に忘れてしまっていた。

「また嫌な思いをするかもしれないけど、まあ、客だからね」

我慢してくれ、と地下鉄の中でウィルは僕の肩を叩いたが、やはり僕の身体は強張らなかった。

あれ、と首を傾げた僕に、ウィルが「どうしたの？」と顔を覗き込んでくる。

「いえ……」

額が触れ合うところまで彼が顔を寄せてきてもやはり僕の身体は強張らず、そんな自分の身体の変化が酷く嬉しくなってしまった僕は、思わず彼にそれを教えていた。

「へえ」

ウィルも酷く嬉しそうな顔をしながら、

「それじゃ」

と僕の肩に再び手を乗せる。

「大丈夫？」

「ええ。全然」

「じゃあ、これは？」

今度ウィルは僕の髪に触れてきたが、まったく嫌悪感は湧いてこなかった。

「大丈夫です」

「じゃあねえ」

あまり混んでない電車ではあったが、男同士で身体を触り合っている——合ってはいないか——僕たちに、乗客の視線が集まってきてしまった。

「……痴漢じゃないって主張したほうがいいだろうか」

真面目な顔で囁いてきたウィルの言葉が可笑しくて思わず僕は吹き出し、また周囲の注目を集めてしまった。

「ほら、また見られちゃったじゃないか」

「だって『痴漢』って。どうしてそんなこと思いつくんです」

笑い始めると止まらなくなる。

「佐藤君もゲラだね」

「ゲラ?」

『給料』のことだっけ、と言うと今度はウィルが笑い出し、僕たちは完全に乗客たちの注目の的になってしまいながら、会社へと向かったのだった。

「おはようございます」

明るく挨拶をしながら僕たちがフロアに入ってゆくと、先に出社していた丸山主任から昨夜の話を聞いたらしい、谷先輩や長谷川さんが、わっと僕たちの周囲に集まってきた。

「佐藤、お前、いいとこあるじゃないか」

「かっこよかったって言ってましたよう。いやあん、見たかったなあ」

「そ、そんなことないです」

慌てて首を横に振った僕の背を丸山主任がパシッと叩いた。

「いやいや、本当にかっこよかった。『ファックユー』とか『ガッデム』とか、生で初めて聞かせてもらったよ。さすがの田上課長もびびってたよな」

気持ちよかった、と豪快に笑う丸山主任の声に被《かぶ》せて、長谷川さんの、

「あたしも聞きたあい！　ナマ『ファックユー』！　やっぱり中指は立てるのお？」

やはりオフィスには相応《ふさわ》しくない可愛い声が響き渡る。

「立ててたっけ？」

顔を覗き込んできたウィルに、

「立ててないですよ」

と笑って答えた僕を見て、丸山主任や谷先輩が、「へえ」というような顔をした。

「え？」

「……佐藤お前、笑うと可愛いじゃないか」

「……え」

丸山主任が大真面目な顔で言うのに、ウィルがその場で吹き出した。

「今更何言ってるんですか」

「なんだよ、お前だってこいつの笑った顔なんか見たことなかっただろ？」

照れているのか真っ赤になっている丸山主任の様子に、ウィルだけじゃなくその場にいた皆が思わず笑ってしまったとき、

「おい、神田、佐藤」

いきなり響いてきた大きな声に、笑いは一気に収まり、僕たちは声の主を——今出社したばかりの、柳課長の顔を皆して振り返った。

「ちょっといいか」

「はい」

いきなり二人名指しということは、もしや田上課長からすでにクレームが入ったのだろうか——柳課長が鞄《かばん》を置く間も惜しむようにして、近くの会議室へと僕たちを伴ってゆく背中を見ながら、僕とウィルは互いに顔を見合わせ、肩を竦めた。

会議室に入ると、開口一番課長は予想どおりのことを僕らに切り出した。

「話は他でもない、昨夜の接待のことなんだけどな」

「はい……」

「何かもめたらしいな」

やはり——怒りに燃える田上課長から、柳課長の携帯にでも連絡がいったのだろうか、と首を竦めた僕だったが、

「申し訳ありません。私の責任です」

と、傍らのウィルが深々と課長に向かって頭を下げたのには慌てて大きな声を上げてしまったのだった。

「違います。直接の原因は僕です」

「え？」

勢い込んでそう言った僕を、課長が驚いたような顔で見る。

「佐藤君、いいから」

横からウィルが口を挟んできた。が、やはりどう考えてもあの騒ぎの原因を作ったのは僕だと、

「悪いのは僕です。田上課長を怒らせたのは僕なんです」

更に大きい声を上げたのだったが、課長のリアクションは僕の思ってもいないものだった。

「何があったのか知らんが……今朝、俺の携帯に田上課長から謝罪の電話があったぞ」

「謝罪？」

「謝ってきたんですか？　田上課長が？」

驚いて鸚鵡返《おうむがえ》しにした僕の横で、ウィルも信じられない、と目を見開いている。

「ああ、なんだか凄く言いにくそうにな、昨夜は自分も酔っ払ってしまっていたので、神田君をはじめ皆さんに失礼なことをしてしまったと思う、以後気をつけるので水に流してもらえないかと、あの人とは思えないくらいの低姿勢で謝ってきたんだが、一体何があったんだ？」

最初『謝罪』と聞いたとき、僕はてっきり田上課長がわざわざ嫌味を言ってきたのだと勘違いしたのだったが、柳課長の口振りでは本当に彼は謝罪をしてきたらしい。昨夜あれだけ激怒していた彼が一体どういうわけだと首を傾げた僕の横で、やはり不思議そうな顔をしながらもウィルが簡単に昨日の出来事を説明したのだが、大騒ぎになった直接の原因が、僕が田上課長に氷入れをぶつけたことだというのはわざとのように報告しなかった。

「……うーん、さすがに冷静になったあと、反省したのかねえ」

「そんなタマじゃないと思うんですがね」

「タマ？」

僕が頭に球体を思い浮かべているのがわかったのか――ちなみにその次には『猫』を思い浮かべたのだが――ウィルと課長は同時に、

「『人』って意味な」

と教えてくれ、場は一瞬笑いに包まれた。

「まあ、水に流してくれと向こうが言ってきてるんだ。気にすることはないだろう」

課長は笑って僕とウィルの肩を叩くと、それでも一応、電話くらいは入れておけ、とウィルに指示して先に会議室を出ていった。

「どういうことなんでしょう」

「さあ」

ウィルも気になったのかその場で携帯を取り出すと田上課長へと電話をかけ始めた。

「三友商事の神田です。昨夜は大変失礼いたしました」

ウィルの携帯の向こうから、田上課長のでかい声が響いてきていたが、漏れ聞こえてくるその声からも、あまり怒りは感じられなかった。

「はい……はい……ああ、わかりました」

しばらく話していたウィルが、なんだ、というように笑って僕を見る。理由がわかったのかなと顔を覗き込むと、ウィルも僕に頷き、早々に電話を切り上げた。

「田上課長、なんですって？」

何が彼をしていきなり気分を百八十度変えさせたのか、好奇心から勢い込んで聞いた僕に、ウィルは苦笑しながら答えてくれた。

「謝ってきたのは事実なんだけど、理由が理由でね」

「理由？」

どんな理由なんだろうと首を傾げた僕も、ウィルの答えには彼同様苦笑してしまった。

「あのキャバクラへの出入り禁止が相当こたえたらしい。お気に入りのえりちゃんに電話しても出てもらえないそうで、なんとかとりなしてもらえないかってさ」

「……なんて『タマ』だ」

こういうときに使うんだろうと思ってあえて使ってみた『タマ』という言葉に、ウィルが吹き出し、僕の背を叩いた。

「そう、まさになんてタマだ、だね」

あはは、と笑う彼と一緒に僕も声を上げて笑ってしまった。理由はどうあれ、懸案が一つ消えてくれたのは嬉しい限りだ。やがて僕たちの笑い声は収まっていったのだが、ウィルの手はまだ僕の背に残っていて、彼の熱い掌《てのひら》を背に感じながら僕はなんとなく訪れたぎこちない沈黙に戸惑い、傍らの彼を見上げた。

「……ああ、ごめん」

僕の視線に気づいたウィルが慌てたように手を退ける。

「いえ……」

彼の掌を失った背中が寂しい――いつの間にかそんなことを考えてしまっていた僕は、自分の思考に戸惑いつつもウィルを見返したのだが、少し困ったような顔をして僕をじっと見つめている彼と視線がぶつかった瞬間、なぜか酷くドキリとし、思わず、

「なに？」

と彼に問いかけてしまった。

「……いや……」

ウィルがますます困ったような顔になる。再び訪れたぎこちない沈黙の居心地の悪さに僕が口を開こうとしたとき、

「佐藤君」

静かにウィルが僕の名を呼んだと同時に彼の両手が伸びてきて、僕の両肩を摑んだ。

「はい？」

「……君は昨夜、僕がスキンシップを図るために君の身体に触れることを嫌がったわけじゃないと言ってくれたよね」

「ええ……」

ウィルは何が言いたいのだろう——？　肩を摑む彼の手にぎゅっと力が込められる。首を傾げながらも頷いた僕に、ウィルはますます言いにくそうな素振りで言葉を続けた。

「……男にそういう目で見られることに対しても、嫌悪感を抱かないとも言ったよね」

「……ええ」

確かに昨夜、僕は彼にそう言った。僕にとっても同性は恋愛の対象であるから、たとえそんな目で見られたとしても気にしないとは言ったが、なぜウィルがその話題を蒸し返すのだろう、と僕はますます戸惑ってしまいながら、じっと僕を見下ろす彼の青い瞳を見つめ返し

た。

「……僕でもかい？」

「え？」

「相手が僕であっても、嫌悪感はないのかな」

「……ウィルさん？」

あまりに真摯な瞳に見つめられ、僕は言葉を失った。彼が何を言いたいのか、わかりそうでわからない。答えはすぐそこにあるような気がするのに、その答えを思い描くことがなぜか怖くて、僕はじっとウィルの唇が次に言葉を紡ぎ出すのを待ち、立ち尽くしてしまっていた。

「……昨夜僕は君に、スキンシップを図るために身体に触れたのを、下心があると勘違いしたんじゃないかと聞いたよね」

「ええ」

頷いた僕の肩を掴む彼の手にまた一段と力が込められたのがわかった。

「……あったんだ」

「え？」

ウィルの白皙の頬が赤く染まっている。

『あった』――下心があった、ということだろうか、と問い返した僕は、続いて彼の唇が語った言葉を前に、再び言葉を失うほどに驚いてしまった。

「……自分の邪な思いを君に見透かされて、それで嫌われているのだとばかり思っていた。昨夜君から話を聞いてそうじゃないことがわかり、こうして君との間の距離が縮まった途端、どうしても言わずにはいられなくなった」

「ウィルさん？」

「君が好きだ」

「え」

好き——ウィルが僕を好きだと言うのか。

信じられない、と思うのと同時に、それまでの彼の話運びから、やっぱり、と思う自分もいて、僕はなんだか混乱してしまいながら、目の前の整いすぎるほどに整ったウィルの顔を見上げていた。

「……初めて会ったときから強烈に君に惹《ひ》かれていた。正直に言うと最初は君の綺麗な顔に目を奪われてしまっていたのだけれど、顔に似合わず喜怒哀楽が激しいところにも、正義感の強い潔い性格にもますます僕は惹きつけられていった」

「………」

ウィルの手が僕の肩からゆっくりと背中へと回ってゆく。そのまま強く彼へと引き寄せられ、僕は彼の胸に倒れ込んだ。

「君に嫌われているのが切なかった。どうしてなついてくれないのだろうと悩みもしたが、昨夜、君が過去を打ち明けてくれたとき、どうしようもないくらいに君への愛《いと》しさが募ってゆくのを抑えることができなくなった」

「……ウィルさん……」

耳元で熱く囁かれる言葉に、僕は酔ってしまったかのように動くことができないでいた。同じ身動きがとれないという状態でも、今までのように嫌悪感から身体が強張ってしまっていたのとはまるで違う。夢の中にでもいるかのようなふわふわした感覚に全身が囚われてしまい、立っていることも覚束なくなり、気づいたときには僕は彼の背に腕を回し、ぎゅっとスーツの背を摑んでいた。

「君の過去ごと、君を抱き締めたい。一緒に辛い過去を乗り越えていきたい。常に君が笑顔を浮かべていられるよう、君を守ってやりたい」

ウィルの手が僕の背をぎゅっと抱き締めてくる。

「君が好きだ」

好き――耳元で囁かれる声にはあまりに現実味《リアリティ》がなかったが、合わせた胸から伝わってくる振動はこれが夢などではないということを同時に僕に教えてくれていた。

「……キス、してもいいだろうか」

「……」

ウィルの手が僕の背から解かれ、両手で頬を包まれる。そのままそっと上向かされたとき、目に飛び込んできたウィルの瞳の煌《きらめ》きに、僕は何も考えられなくなり思わずその場で目を閉じてしまっていた。

「好きだ」

ウィルの顔が近づいてくる気配がする。頬に添えられた手は、僕が顔を背ければすぐにでも引いていっただろうに、僕はその場でじっとウィルの唇を待っていた。

「好きだ」

唇に彼の息がかかる。そのとき、びく、と僕の身体が小さく震えてしまったのは、決して嫌悪感からではなかった。

「……ごめん……」

ウィルも僕の身体の震えを感じたのだろう、慌てたように彼の手が僕の頬から去ってゆく。

「違う」

そのまま僕から離れようとする彼の背を、僕は思わずぎゅっと握り締めていた。

「え？」

「……あの……」

目の前で、ウィルが戸惑ったような顔をしている。自分で自分が何をしているのかわからない。ただ僕は彼のキスを嫌がっているわけではないのだということを伝えたくて、彼のスーツの背をまた、ぎゅっと強く握り締めた。

嫌がっていないというより、僕は彼のキスを待っていたのだ。

「……佐藤君」

ウィルの手が再びおずおずと僕の頬へと伸びてくる。

「……キスしてもいいかな」

同じ言葉を繰り返した彼に、僕は今度こそ、自らの意思ではっきり頷いていた。

「してください」

「……」

『してください』という答えは、もしかしたらヘンだったのかもしれない。ウィルの目が可笑しさを堪えるように細められたのを見たときに、僕はちらとそう思ったのだが、そんな僕の思考もウィルに唇を塞《ふさ》がれた瞬間、どこかへ飛んでいってしまった。

「……っ」

ノーブルな外見や、柔らかな態度から、僕は彼のいう『キス』が触れるほどの優しいものだと思っていた。だが実際僕の唇を塞いできた彼の唇は『獰猛《どうもう》』としか言いようがなく、嚙《か》みつくようなキスに僕は驚き、一瞬身体を引きかけた。

「…………」

薄く開いた目に、ウィルが心配そうに顰めた眉が飛び込んでくる。僕が怯《ひる》んでいるのを案じているらしいその顔に、驚いただけなのだと伝えたくて、また僕は彼の背を強く抱き締め、彼の胸に身体を預けた。

安心したようにウィルが一旦息をつく。次の瞬間にはまた激しいキスが僕を襲い、堪《たま》らず僕は彼の背にしがみついてしまっていた。

独自の意思を持っているかのように、彼の舌が僕の口内で暴れ回る。おずおずと絡めていった僕の舌を痛いくらいの強さで吸い上げてくる情熱的なキスに、ただでさえこの状況にぼうっとしていた僕の頭はますます何も考えられなくなり、ただただウィルが求めるままに舌を絡め、力強い彼との口づけに溺《おぼ》れていった。

激しいキスに次第に息苦しさを覚えてきたが、唇を外そうとは思わなかった。唇の端から流れ落ちる唾液を追いかけるようにウィルの唇が動くのに、僕はその唇を追いかけ、彼の唇を塞ごうとして逆に唇を塞がれてしまい、というように、二人のキスはいつまでたっても終わる気配をみせなかった。

キスしているだけなのに、だんだんと身体に力が入らなくなってきて、一人では立っていられなくなってしまった僕は彼の背に縋《すが》りついたのだが、そのとき自分の腹にあまりに熱い塊を感じ、唇を合わせたまま思わず目を開いてウィルの顔を見上げてしまった。

「……」

同性なら誰でもわかる。この熱く硬いものがなんであるか——ウィルの劣情の表れである

それを感じた瞬間、僕の頭にはカッと血が上った。

「……佐藤君……」

僕が何に気づいたのか、ウィルもわかったらしい。唇を離し少し照れたように笑うと、僕の腰のあたりに手をやり、ぐっと自分の方へと引き寄せた。

「……あっ……」

下肢を押し当てられるような体勢に、思わず僕の唇から微《かす》かな声が漏れてしまう。熱い彼の塊を先ほどより強く腹に感じる僕の雄も、まるで彼に呼応するかのように熱を持ち始めてしまっていた。

「……嫌じゃない？」

再び唇を寄せてきながら、掠れた声でウィルが囁いてくる。

「……うん……」

嫌なわけがなかった。嫌どころか、もっと彼を感じていたくて、自ら下肢をすり寄せようと僕は彼の背に回した手に力を込めた。

「……好きだ」

「うん……」

焦点が合わないほどに近いところにあるウィルの瞳が微笑みに細められる。視界いっぱいに広がる彼の瞳の星の眩しさに僕は目を閉じ、再び彼と唇を貪《むさぼ》り合おうとしたとき——。

「あのお」

ノックの音と共に不意に会議室のドアが開き、僕たちは慌てて抱擁の腕を解いた。

「ああ、真理子さん」

いきなりドアが開いた驚きに、心臓が口から飛び出しそうになっている僕の横で、ウィルも慌てたように乱れた髪をかき上げている。

「どおしたのお？」

ドアを開けたのは真理子さん――長谷川さんで、一瞬僕たちの様子に訝《いぶか》るような視線を向けたが、すぐに用件を思い出したようだ。

「ウィルに三東《さんとう》建設の境《さかい》部長がアポなしで来てるんだけどお」

彼女にしては早口でそう告げ、「どうするう？」とウィルの顔を覗き込んだ。

「すぐ行きますので、応接室にお通ししておいてください」

「わかりましたあ」

長谷川さんが笑顔でドアを閉めたあと、僕とウィルは思わず互いに顔を見合わせてしまった。

「見られたかな？」

「見られてないと思うよ」

心配して問いかけた僕の背をウィルが再び抱いてくる。

「まあ見られても僕はいいけれどね。全社員に自慢したい気分だから」

「…………」

真顔でそんなことを言われると、どうリアクションをとったらいいのかわからない。かあっと頭に血が上り、俯《うつむ》いてしまった僕の頬にウィルは一瞬唇を押し当てると、

「行こうか」

にこ、とあまりにも魅惑的な微笑を投げかけ、またも僕の頭に血を上らせてくれたのだった。

7

その日の夜、丸山主任の号令のもと、僕は谷先輩とウィルと、紅一点の長谷川さんと四人で会社の近所の『三幸園《さんこうえん》』という中華料理屋でテーブルを囲んだ。

「佐藤と飲むのは初めてじゃないか」

「そうだよ、今まで付き合い悪くてさあ」

名物の餃子を立て続けに五枚頼んだあとは、ビールから紹興酒へとあっという間に移行して、先輩たちはすっかり酔っ払いの様相を呈していた。

「すみません」

「いいって。これからガンガン付き合ってくれよな。なんてったって大学の先輩後輩だ」

な、と谷先輩が僕の肩を抱いてきた。

「あまり悪の道に引きずり込まないでくださいよ？　僕の大切なコドモなんですから」

ウィルがジョークというには真剣な顔で、ぺしっと谷先輩の手を払いのけ、自分の方へと甘ったれた喋り方をしてはいてもさすがは年の功——などと言うと、それこそ手がつけられないくらいに怒り出すに違いない長谷川さんが、鋭いツッコミを入れてくる。

「ようやくなついてもらえたんだ。独占欲も出るってもんだよなあ」

わかってんだかわかってないんだか、丸山主任が場を収めるようなことを言い、僕たちはかなり遅くまでその店でわいわいと楽しく飲んで騒いだ。

丸山主任と谷先輩は、行徳《ぎようとく》の独身寮に、長谷川さんは柏《かしわ》に住んでいた。三人が同じ方向だからと一台のタクシーで帰るのを見送ったあと、東京駅まで車を飛ばせば終電に間に合うかな、と時計を見た僕の肩をウィルがそっと抱いてきた。

「なに？」

「……うん……」

ウィルが彼にしてはめずらしく、何か言いよどんでいる。酔いで紅潮した白皙の頰に、星の煌きを湛えた瞳に、思わず僕の目は吸い寄せられ、彼の顔をじっと見つめてしまっていた。

「…………佐藤君」

僕の視線を受け止めていたウィルがふい、と目を逸らす。

「……え？」

抱き寄せる。

「なんかウィル、顔がマジじゃなあい？」

どうしたんだろう――首を傾げた僕から目を逸らしたまま、ウィルがぽつん、と呟くようにこう言った。

「……ホテル、行こうか」

「…………」

目の前でウィルの紅《あか》い顔が、ますます紅く染まってゆく。その様を見る僕の頭にもかあっと血が上ってきた。

ホテル――ホテルに行こうという言葉が示す意味は、万国共通だろう。あまりにストレートな誘い方に、頬がどうしようもなく火照ってくる。

「……君さえよければ、だけれど」

ウィルの視線が再び僕へと向けられる。胸の高鳴りがそのまま表れたような思い詰めたその顔を見た瞬間、考えるより前に僕は「うん」と小さく頷いていた。

「……よかった」

あからさまにほっとした顔をしたところを見ると、ウィルは僕が断るとでも思っていたのだろうか。

断るわけがないのに――朝、会議室で交わしたキスを思い出しながら、僕は肩を抱くウィルの胸に凭《もた》れかかった。ウィルの身体がびくっと小さく震え、肩に回された手にぎゅっと力が込められる。

「……どこか行きたいところはあるかい？」

「……近くがいいな」

耳元で囁かれるウィルの声が震えている。答える自分の声も震えていて、僕たちは思わず顔を見合わせ、くす、と笑い合った。

「……緊張してる」

「僕も」

「……素敵な夜にしようね」

ウィルが僕の身体を抱き寄せ、髪に唇を押し当てる。

「………うん……」

頷きながらも僕の胸には、これから彼と過ごす時間は、あえて目指さぬとも『素敵な夜』になるに違いないという確信が満ち溢れていた。


近くがいい、という僕のリクエストに応《こた》えてウィルが僕を連れていたのは、『三幸園』からは一番近いと思われるホテルグランドパレスだった。フロントで部屋が空いているかと聞くと、時間が時間だけに嫌な顔はされたが運よく空室があり、最上階近いツインの部屋で僕たちは二人向かい合った。

「……なんだか照れるな」

ベッドを前にウィルは少し困ったような顔をして笑うと、僕の腕を引き、僕たちは二人して一つのベッドに座った。

「……シャワーを浴びる？」

「……そうだね」

問いかけてきたウィルの吐息が僕の頰を擽る。どきどきと胸の鼓動がやたらと速く脈打っているのは、店で飲んだアルコールが回っているからではなかった。

「……名前を呼んでもいいかな」

「え」

ウィルが僕の肩を抱き寄せるようにして、顔を覗き込んでくる。

「……『一朗』と」

「……うん……」

唇に彼の息を感じる。あまりに近くにあるウィルの端整な顔を見返しているうちに、なんだか僕は堪らない気分になってしまっていた。

「一朗」

「……ウィルさん……」

ウィルの手が僕の肩から背中へと回って身体を支えたかと思うと、ゆっくりと体重をかけ、そのままベッドへと押し倒してくる。

「『ウィル』でいいよ」

まだベッドカバーも剝いでないベッドに僕を仰向けに寝かせたウィルは、掠れた声でそう囁きながらゆっくりと僕へと伸《の》しかかってきた。

「……ウィル……」

「……好きだ」

ウィルの唇が僕の唇を捉えようとする。

「……シャワーは？」

浴びようと言っていたのではなかったかと思い問いかけると、ウィルは一瞬だけ動きを止め僕を見下ろしたあと、悪戯《いたずら》っぽく笑ってみせた。

「……ごめん、もう待ちきれない」

「…………ん……」

そう言った途端、彼の唇が僕の唇を捉えた。ぎし、とベッドのスプリングが軋《きし》むほど勢い込んで覆い被さってきた彼は、本当に『待ちきれない』という言葉どおりに僕の唇を塞いだまま、僕から服を剝ぎ取り始めた。

ネクタイを解き、もどかしそうにシャツのボタンを外してゆく。室内の照明は薄暗くはあったけれど、それでも僕はあの醜い火傷の痕を見られるのが嫌で、彼の手が下着代わりのTシャツにかかったとき、灯りを消してもらえないかとウィルに頼んだ。

「……わかった」

ウィルは僕の考えていることがすぐにわかったようで、小さく微笑んだあと身を乗り出して枕元のスイッチを操作し、室内の灯りをすべて消してくれた。真っ暗な室内、互いの息遣いの音だけが響き渡るというシチュエーションが、僕の中に急速な欲情を醸してゆく。

「……一朗」

手探りで近づいてきたウィルが、僕のシャツに手をかけ脱がしている間に、僕は自分でベルトを外し、スラックスを下ろし始めていた。気づいたウィルが僕から手を退ける。やがて彼も脱衣を始めたようで、布の擦《こす》れる音がしばらく続いた。

二人とも何も喋らなかった。黙々と互いに服を脱ぐ音だけが室内に響いていた。やがてすべてを脱ぎ終わったらしいウィルが僕に覆い被さってきたとき、すでに僕は、自分が酷く昂《たか》まっていることを恥じてみせる心の余裕をすっかり失ってしまっていた。

血中を巡るアルコールが僕から羞恥《しゅうち》の念を奪っていたのかもしれない。ウィルの背中に両手ばかりか両脚を回してしがみついた僕の腕の中で、ウィルの身体が一瞬びく、と震えた。すり寄せていった下肢に熱い彼の雄を感じ、彼自身も今、昂まりきっていることがわかり、僕はますます強い力で彼の背にしがみついた。

「これじゃ動けない」

苦笑するように笑った声が耳元でしたと思ったと同時に、ウィルの手が後ろに回り、僕の腕を外させた。続いて彼の唇が僕の首筋へと降りてくる。

「あ……っ」

肌をきつく吸われたと同時に掌で胸の突起を擦り上げられ、僕は早くも小さく声を漏らしてしまった。自分でもどうしたのかと思うくらいに昂まっているのがわかる。まだ行為は始まったところなのにと自分を抑えようとするのだけれど、息は上がるばかりで自分をセーブすることなど到底できそうになかった。

「や……っ……あっ……」

ウィルの指が勃《た》ちかかった僕の胸の突起を摘《つ》まみ上げる。電撃のような刺激が背筋を一気に這い上り、堪らず僕は彼の背を抱く両脚にぎゅっと力を込めていた。

「ん……っ……あっ……」

首筋から降りてきた彼の唇がもう片方の胸の突起を捉え、舌先で転がし、ときに軽く歯が立てられる。胸を弄《いじ》られるのにはもともと弱いほうだったのだが、弄っているのがウィルだと思うと尚更に僕は感じてしまい、高く声を上げ始めていた。

「やっ……あっ……あぁっ……あっ……」

捩《よじ》る身体を彼の唇が、指先が追いかけてくる。執拗《しつよう》に繰り返される愛撫《あいぶ》に早くも僕の雄は勃ちきり、先走りの液を合わせた彼の腹に擦りつけてしまっていた。ウィルの雄もすっかり勃ち上がり、僕の腹に同じように透明な液を擦りつけているのがわかる。

早く一つになりたい——求める気持ちは高まってゆくのだけれど、それを伝える術《すべ》がわからず、あからさまかと思いながらも僕は彼の背に回した脚に尚一層力を込めた。

「……」

ウィルが僕の胸から顔を上げる気配がする。

「……一朗」

掠れた声で名を呼ぶ彼の手が胸から腹を伝い、太腿《ふともも》へ——そして僕の尻《しり》へと滑り降りてゆく。

「ぁ……ん……」

熱い掌の感触が僕の背筋にぞく、と悪寒によく似た感覚を呼び起こし、ベッドの上で身体を捩った僕のそこを彼の指がなぞっていった。

「ん……んんっ……」

ためらいがあるのか、なかなか中へと挿《はい》ってこない指先に焦《じ》れ、僕は両手を彼の肩へと回すとぎゅっと彼にしがみついた。

「……」

ごく、と耳元でウィルが唾を飲み込む音がし、合わせた身体の間で彼の雄がびくんと脈打ったのがわかった。それを感じた途端、ますます昂まる自分を抑えることができなくなって、僕は彼に両手両脚でぎゅっとしがみつくと、耳元に唇を寄せて囁いた。

「…………きて……」

「……わかった……」

答えるウィルの声は酷く掠れていた。もしかしたら彼は男を抱いた経験がないのかもしれない——ふと浮かんだ考えを確かめようとしたとき、彼の指がずぶ、と後ろに挿入され、開きかけた僕の口からは問いではなく高い喘《あえ》ぎが漏れてしまった。

「やっ……あっ……あぁっ……」

ずぶずぶと奥まで侵入してきた指が、僕の中をかき回す。記憶の中の彼の指は、男性らしからぬ繊細なもので、その指が僕の中を弄っているのだと思うだけで僕の興奮は一気に増し、滾《たぎ》るような欲情の焔が全身を駆け巡っていった。

「あっ……あぁっ……あっ……あっ……」

ウィルの指はすぐに二本、三本と増えてゆき、僕が高く声を上げるのに合わせるかのように乱暴に僕の中を抉《えぐ》り続けた。ひくひくと自分の後ろが蠢《うごめ》き、彼の指を締めつけるのがわかる。

欲しいのは指よりもっと熱いもの——二人の腹の間で、びくびくと脈打ち続けているウィルのこの——。

「あっ……あぁ……」

羞恥が欲情に呑み込まれ、本能だけが僕の身体を動かしていた。その背にしがみついたまま、腰を揺する僕の欲する行為はウィルにもすぐに知れるところとなり、彼の指がすっと僕の後ろから退いていったかと思うと、ウィルは背中に回した僕の両脚を摑んで外させた。

「あ……ん……っ」

そのまま両脚を抱え上げられ、彼の指を失いひくつくそこに熱い塊が押し当てられる。待ち望んだその感触に僕の身体は期待に震え、堪えきれない歓喜の声が喉元まで込み上げてきた。

ずぶ、とウィルの先端が僕の中へと入ってくる。

「あっ……」

熱い——ずぶずぶと僕の中へと呑み込まれてゆく彼の雄のあまりの熱さに、僕の身体の熱が一気に上がる思いがした。

「……っ……」

待ち続けたものを与えられた悦《よろこ》びを謳歌《おうか》するかのように僕の後ろがざわつき、彼の雄を締めつけているのがわかる。身体の上でウィルが低く声を漏らす。あまりにセクシーなその声に尚一層の昂まりを覚えていた僕は、彼が僕の脚を抱え直し、激しい突き上げを始めたときには、これ以上はないというほどの快楽に溺れ込み、何も考えることができなくなってしまっていた。

「あっ……はぁっ……あっ……あっ……あっ」

身体の奥を一定のリズムで抉ってくるウィルの力強い律動が、僕を滾るような快楽の淵へと追い落としてゆく。

「やっ……あぁっ……あっ……あっ……」

パンパンという高い音が、やかましいくらいに上がる嬌声の合間合間に聞こえてくる。その音が二人の下肢がぶつかり合うときに立てられた音で、やかましい声は自分が発しているものだという理解が思考に追いつく前に意識が快楽の波に浚《さら》われてゆく。

「あっ……あぁっ……あっあっあっ」

ウィルの力強い雄に貫かれる僕の身体は、ベッドの上で壊れた操り人形のように跳ねていた。大きすぎる快楽の前に、声も、動きも、何もかもをセーブすることができず、僕は彼に両脚を抱えられた姿勢のまま、欲望の赴くままに身悶《みもだ》え、叫び続けてしまっていた。

「あっ……あぁっ……あっ……あっ」

ウィルの腰の動きが一段と早くなる。とうとう堪えきれずに僕は一足先に達し、二人の腹の間に白濁した液を飛ばしてしまった。

「……くっ……」

射精を受けた僕の後ろが壊れてしまったようにひくひくと蠢き、強い力で彼の雄を締めつ

ける。その動きに彼も達したらしく、ずし、という精液の重さを感じた僕は、なんだか堪らない気持ちになってしまい、はあはあと息を乱しながらも、汗ばむウィルの背を抱き寄せた。

「一朗……」

身体を落としてきてくれたウィルの息も上がっている。荒い息遣いの下、彼の唇が僕の額に、頬に押し当てられ、繊細な彼の指が額にかかる僕の髪を梳《す》き上げてくれる、その感触にますます僕の中の『堪らない』気持ちは高まり、僕は彼の背に回した手にぎゅっと力を込めた。

「……好きだ……」

暗闇の中ではあったけれど、僕に囁いてきたウィルの瞳に煌く星が僕には見えるような気がした。愛しげに微笑む端整な顔が僕の脳裏に浮かんでくる。

「……うん……」

直視することにも耐えられなかった『外国人』の外見をした彼――苦手でしかなかったはずの、ヨーロッパの王侯貴族のようなノーブルな顔立ちの彼に、僕はいつからこんなにも惹かれてしまっていたのだろう。

僕を包み込むその優しさに。周囲の人への思いやりとその懐の深さに。辛い思いを少しも感じさせない人間としての大きさに――僕のトラウマを受け止め、癒したいと言ってくれた彼に、惹かれないでいることのほうが難しいじゃないか、と僕は彼の背に回した腕にぎゅっと力を込める。

「……一朗？」

知れば知るほど彼に引き寄せられてゆく自分がいた。彼が僕を癒してくれるように、僕も彼を癒したい。辛い思いをしているのなら、僕の胸で受け止めてあげたい。

この想いを表現する言葉は――いくら日本語が苦手な僕でもわかった。

「……好きだ」

「一朗……」

ウィルが少し驚いたような声で、その『言葉』を告げた僕の名を呼ぶ。

「君が好きだ」

繰り返した僕の唇を、ウィルの唇が塞いだ。

貪るような激しいキスは、彼の胸の激情を物語っていると思ってもいいのだろうか――キスに応える僕の胸には彼への想いが熱く滾っているのだけれど。

「あっ……」

僕の中でウィルの雄が質感を取り戻してゆくのがわかる。

「好きだ」

熱に浮かされたような声で繰り返し囁き、愛しさを込めた掌で僕の身体を弄るウィルの背を僕はきつく抱き締め、再び押し寄せてきた快楽の波へと身体を投げ出していった。

＊＊＊

「イチロー、三東建設から電話」

「ありがとうございます」

僕が入社してひと月が過ぎた。体育会系マインドの建築一課や、『泥くさい』建築業界にもようやく馴染みつつある。

某日本人大リーガーの影響ではないだろうが、いつの間にか僕は皆からも『イチロー』と呼ばれるようになったのだけれど、ウィルはそれをあまり快くは思っていないらしく、

「皆と仲がいいのはいいことだけど、なんかずるい」

とわけのわからない不満を口にし、僕を笑わせている。

ウィルの家にはあれから何度も遊びに行った。おばあさんとは随分打ち解けてきたけれど、相変わらずおじいさんには嫌われているようで僕の顔を見ると顔を顰《しか》めるが、それでも同じ食卓にはついてくれるようになった。月島にある彼の家はあまりにも通勤に便利で、ついつい入り浸ってしまうのだけれど、さすがに階下に二人が寝ていると思うと、そうそう行為に

は雪崩《なだ》れ込めない。

まだウィル以外の人に火傷の痕を見られても平気というところまでは吹っ切れていないこともあり、月島の近所に部屋でも借りようかなと僕は密《ひそ》かに計画している。家族思いのウィルが自宅を離れたくないと思っていることは聞くまでもなくわかっているからだ。

五年もの長い間、僕を捉えていたトラウマは、未だに悪夢の形で現われることはあるけれど、そんなときに縋る胸が、抱き締めてくれる力強い腕があることが、どれだけ僕にとって救いになっているかわからない。

「好きだ」

灰色がかった青い瞳。陽の光を受けてきらきらと輝く金色の髪——ヨーロッパの貴公子を思わせる白皙の美貌を誇る僕の愛しい恋人が、今日も形のいい唇で愛の言葉を囁いてくれる。

「僕も」

常に僕を支えてくれる彼を、僕も支えてあげられるようになりたい。与えられる愛情と同じくらいの、いや、それ以上の想いを返したいと僕は彼の逞《たくま》しい背を力いっぱい抱き締める。

互いの心の傷を癒し合い、常に微笑む相手を見つめていたい——何も言わなくても同じ想いが胸に溢れているに違いないという幸せを噛み締めながら、金髪碧眼の美貌の恋人との幸せな会社生活を今日も僕は送っている。

すべては愛からはじまる

流行のインフルエンザでウィルが会社を休んで二日目になる。

「面倒がって予防接種受けないからよねえ」

僕たちの会社の診療所では毎年無料で予防接種をしてくれるのだそうだ。タダなら、と意地汚いことを考えたわけではないが、もともと身体《からだ》にはあまり自信がなかった僕は――『カラダ』といっても体格でもテクニックでもなく、健康面で、という意味で、などという注釈はつける必要がないだろうか――早速診療所の世話になったのだが、ウィルは忙しいのを理由に予防接種を受けなかったのだ。

『忙しい』というのは実は嘘《うそ》で、あまり注射が好きじゃないからだという理由を知っているのは課内でも僕だけだった。東大卒の理知的な顔や、英国貴族を思わせるノーブルな表情をしている彼には、意外に子供っぽい面があるのである。

「今年のインフルエンザは相当強烈だっていうからなあ。無遅刻無欠勤のウィルもとうとう倒れたか」

なんと彼は今まで、身体の具合が悪いという理由では一度も休んだことがなかったらしい。忙しさからかなり身体がキツい状態でも出社していたという話を聞くにつれなんだか僕は心配になってしまい、終業後にウィルの見舞いに行くことにした。

月島《つきしま》にある彼の家には何度も訪れたことがあった。昨夜《ゆうべ》も僕は彼と携帯で話したのだったが、ウィルは結構元気そうで、『大丈夫だから』と笑っていた。

だがそれが僕に気を遣わせまいとした彼の『空元気』だったことを、彼の家を訪問した途端に知らされることになったのだった。

「お邪魔します」

午後七時過ぎ、玄関には普段鍵《かぎ》などかけないのだという彼の家の引き戸を開けながら中に声をかけたが、いつも奥座敷から顔を出すさおりさんがいつまで経《た》っても現れないことに首を傾《かし》げていたところ、

「なんでえ、おめえか」

随分時間が経ってから、別の部屋の襖《ふすま》が開いてウィルのおじいさん——寅吉《とらきち》さんが顔を出し、僕を驚かせた。

「なんの用でえ」

ドスドスと廊下を踏み鳴らし、寅吉さんが玄関へと歩み寄ってくる。

「あの、ウィルのお見舞いに」

「ああ」

納得したように頷《うなず》いた彼の姿に、幾許《いくばく》かの違和感を覚え、僕は思わずまじまじと彼を見上げてしまった。

どこがどう、というわけじゃないが、いつも矍鑠《かくしやく》としている彼がなんだかちょっとくたびれているように見えたのだ。

「上がってもいいですか？」

「いつもは黙って上がってくるだろうがよ」

いつものような辛口——という以上に随分失敬な言葉だと思うのだが——もなんだか冴《さ》えない気がして、どうしたのかなと首を傾げた僕だったが、理由は間もなく知れることになった。

「あの、おばあさんは？」

「ばあさんも昨夜から寝込んじまってんだよ」

「え」

ぽりぽりと寅吉さんが頭を掻《か》きながら言った言葉に驚いた僕は、まずは階下で寝ているというさおりさんを見舞わせてもらうことにした。今年のインフルエンザはかなり症状が重くて、お年寄りも何人か亡くなっているというニュースを見たばかりだったからだ。

「お医者さんには？」

「朝、往診に来てもらった。注射で熱ぅ下げてもらったところだ」

苦しそうでどうしようかと思った、と彼らしくない弱音をぽろりと漏らした寅吉さんは、僕を伴いさおりさんの寝ている部屋の襖を開いた。

「おう、見舞いだってよ」

「あらあら、イチローさんじゃないの」

病人特有の饐《す》えたような匂《にお》いが充満している部屋の真ん中、敷かれた布団の中から僕に微《ほほ》笑《え》んできたさおりさんのやつれように僕は驚き、

「大丈夫ですか？」

と思わず傍《そば》まで駆け寄ってしまった。

「大丈夫ですよう。熱も下がったし、随分楽になりました」

いつもは綺麗《きれい》に結い上げている髪が随分ほつれてしまっている。よほど寝苦しかったんだろうと眉《まゆ》を顰《ひそ》めた僕の前で、さおりさんは、「よいしょ」と言いながら身体を起こそうとした。

「お茶くらい淹《い》れましょうねえ」

「そんな、いいですよ。寝ててください」

慌てて僕は彼女の身体に手をかけ、布団へと戻そうとしたのだけれど、さおりさんはそれでも強引に起きようとして、僕の手を押さえた。

「熱い……」

熱は下がったという話だったが、まだまだ高いんじゃないだろうか。握られた手のあまりの熱さに驚いた僕の前で、さおりさんはもぞもぞと身体を動かし、布団に半身を起こしてし

まった。

「寝てたほうがいいですって」

「大丈夫ですよう。なんせ、ご飯の支度をしないとね」

さおりさんは笑顔でそう言うと、「よいしょ」とまたかけ声をかけ、布団から出ようとし始めた。

「ごはん？」

「ええ、一郎《いちろう》にお粥《かゆ》を作ってやらないといけないし、おじいさんも朝から何も食べてないし……」

よろよろと布団から這《は》い出ようとしながらさおりさんが、ごく当たり前のように言い出した言葉に、僕は心底驚いてしまった。

「そんな、おばあさんだって病人なんですから」

「あたしはもう、大丈夫ですよう」

とても『大丈夫』には見えない顔でさおりさんは笑うと、「よいしょ」と三度《みたび》かけ声をかけ、立ち上がろうとしたが、細い身体はふらついていて、とても食事の支度などできそうには見えない。

「寝ててくださいって。そんなの、誰《だれ》か他《ほか》の人に――」

「他の人っていったって、ウチには年寄り二人と一郎しか……ウチのイチローしかいないからねえ」

「おじいさんに頼めばいいじゃないですか」

そうだ。この家で一人健康体なのは寅吉さんだけだというのなら、なぜ彼に頼まないのだろう。頼むどころか、彼の食事まで作ろうとしているさおりさんの行動がまったく理解できなくて、僕は彼女を強引に布団に戻しながら、そう大きな声を出してしまった。

「おじいさんには無理よう」

「無理？」

やはりさおりさんは相当身体がキツかったのか、僕が無理やり布団に寝かせるともう起き出す気力を失ってしまったようだった。何が『無理』なんだろうと首を傾げた僕の後ろから、

「あたりめえだ」

ぶすっとした寅吉さんの声が響いた。

「何が当たり前なんです？」

別に責めるつもりはなかった。心底疑問に思っただけだったのだが、今までさんざん彼にはウィルの名を呼んでやれとか、顔を見て話してやれとか、彼にしてみたら余計なことを言いすぎたからだろうか、寅吉さんは、けっと横を向くと、

「男子厨房《ちゆうぼう》に入らずだ。男が料理なんてできるけえ」

吐き捨てるようにそう言い、ずんずんと足音を響かせて部屋を出ていってしまった。

「……だんし？　ちゅうぼう？」

一一九番か？　それは『消防』――などとくだらないことを考えている間にぴしゃりと襖が閉まる。

「男が料理なんかできるかって、言いたいんですよ」

「へえ」

呆然《ぼうぜん》と寅吉さんを見送っていた僕に、さおりさんが申し訳なさそうに声をかけてきた。

「なんてレトロな」

「……バッグか何かのお店だっけ？　――ああ、最近地下鉄の呼び名が変わったんだっけねえ」

そりゃ『エトロ』に『メトロ』だ――などという漫才をやってる場合じゃない。

「だから仕方ないんだよ」

再びさおりさんが身体を起こそうとするのを僕は慌てて止めると、

「それじゃ、僕が作ります」

彼女を安心させようと、にっこり笑ってそう言ってやった。

「イチローさんが？　あんた、海外暮らしが長いんだろ？　お粥なんか作れるのかい？」

「できますよ。海外は確かに長かったけど、家では和食でしたし」

もともと料理は嫌いじゃないし、と僕はさおりさんを納得させるとキッチン――というよりは、『台所』という呼び名が相応《ふさわ》しいそれこそレトロな場所だった——へと向かい、冷蔵庫の中を確かめ、さおりさんとウィルには粥を、寅吉さんには夕食を作り始めた。

寅吉さんが元気がなかったのは単に空腹だったかららしい。一時間ほどして支度が整い、部屋に呼びに行くと、ぶすっとしながらもやってきた彼は、僕がさおりさんに粥を運んでいる間に、僕が作った夕食を綺麗に平らげてしまっていた。

「おかわりありますけど」

「……」

自分では飯もよそわないらしい。僕が声をかけて初めて寅吉さんは僕に茶碗《ちゃわん》を差し出してきて、今までさおりさんが病に倒れたときは一体彼はどうやって生活してきたんだと僕を呆《あき》れさせたのだった。

そのあと、ようやく僕は本来の目的でもあったウィルの見舞いを実践することができた。さおりさんの話だと、熱は下がってきたものの、まだ食事はほとんどとれないらしい。

「あたしなんかより、よっぽど重いみたいなんだよ」

心配そうに眉を顰めるさおりさんの症状もどうみても軽くはないことが僕を心配させたが、とりあえずは粥を持っていってやろうと、作りたてのそれを盆に乗せ、階段を上って通い慣れた彼の部屋の襖を開けた。

「ウィル？」

「一朗《いちろう》」

うつらうつらしていたらしいウィルは、僕の顔を見て、驚いたように目を見開いた。

「……声がしているような気がしたんだけど、てっきり夢かと思ってた」

にっこり微笑む顔にも、かけてくる声にも元気がない。

「大丈夫?」

「ああ。大丈夫」

全然大丈夫そうじゃない様子なのに、心配をかけまいとしたのかウィルは無理やりのように身体を起こそうとして、僕を慌てさせた。

「寝てるといいよ。お粥、作ってきた。食べられる?」

「君が作ってくれたの?」

驚いた顔をしたウィルだが、やがて「ああ」と痛ましげに眉を寄せて僕の顔を覗《のぞ》き込んできた。

「おばあちゃん、具合、どう?」

「お医者さんに注射を打ってもらって、随分楽になったって。お粥も食べられたよ」

「そうか」

よかった、と微笑む彼も、自分のことよりさおりさんのことを心配してるらしい。互いを思いやる家族の愛情に僕の胸は熱くなったが、まずは彼の看病だ、と枕《まくら》元に腰を下ろした。

た。


「食べられそうかな？」

「君の作ったものだもの。無理してでも食べる」

ふふ、と笑うウィルの目は、熱が高いからか酷《ひど》く潤んでいた。白皙《はくせき》の頬《ほお》が紅潮している。ためしに額に手を当ててみるとあまりに熱くて、彼の熱がまだまだ高いことを知ったのだった。

「……無理ならいいよ」

「薬が切れてきたんだろう。何か食べないと飲めないからね。ちょうどいいよ」

ウィルがまた無理やり半身を起こそうとする。

「寝てていいよ。運んであげるから」

「………もしかして」

紅《あか》い顔をしたウィルが、悪戯《いたずら》っぽい笑いを浮かべて僕を見た。

「なに？」

「『はい、あーん』っていうのを、やってくれるのかなって思ってさ」

「……馬鹿」

熱が高い割りには元気だな、と僕は半ば呆れて笑いながらも、まさに彼が言ったとおりに粥を匙《さじ》で掬《すく》うと、

「口、開けて」

零《こぼ》さぬように気をつけながら、彼の口元まで持っていってやった。

「『あーんして』とか言ってくれよ」

せっかくだから、と言いながらもウィルがぱく、と匙を咥《くわ》える。途端に顔を顰《しか》めた彼に、もしかして熱かったたか、と僕は慌てて、

「大丈夫?」

と顔を上から覗き込んだ。

「駄目」

「ウィル」

「『ふうふう』してくれたあとに『あーんして』ってしてくれないと、もう駄目。倒れる」

「馬鹿」

ぱち、と片目を瞑《つむ》った彼が匙を口から離して笑いかけてくる。

「もう倒れてるじゃないか」

「まったくだ」

あはは、と笑う声にはいつもの張りがない。僕に元気だということを示そうと、相当無理しているのではないかと思うと酷くやるせなかったが、ウィルの性格を思うと『無理するな』と言っても無理してしまうに違いなかった。

たとえジョークでも、せめて彼の言うことをきいてやるかと僕は粥を匙で掬うと、ふうふ

うと息を吹きかけて冷まし、そっと彼の口元へと持っていった。

「『はい、あーん』」

「……」

ウィルは一瞬、鳩《はと》が豆鉄砲を食ったような顔になったが、やがてにこ、となんともいえない嬉《うれ》しそうな顔で微笑むと、

「『あーん』」

大きく口を開け、ぱくりと匙を咥えてみせた。

「美味《おい》しい」

「味なんかついちゃいないよ」

だいたい熱が高けりゃ味などわからないだろう、と笑った僕に、ウィルは大真面目《おおまじめ》な顔をして、

「一朗が作ったものが美味しくないわけがない」

病人とは思えない口調できっぱりそう言い切った。

「食べられそう？」

「うん。本当に美味しい」

にこにこ笑う彼に、僕は何度も『あーん』を繰り返してやり、器が空になったあとは薬を飲むのに手を貸してやった。

「今日、泊まろうかと思うんだけど」

「え」

考えていたことを口にすると、ウィルが驚いた顔で僕を見た。

「おじいさんはチュウトンに入らないって言うし、おばあさんの具合もまだまだ悪そうだし」

「駐屯⁇」

「『ダンシチュートンに入らない』とかなんとか」

「……もしかして『厨房』かな？」

「あ、それ」

確か消防車と混乱したんだ、と言う僕の言葉にウィルは吹き出したが、

「申し訳ないよ」

と僕の申し出をなかなか受理しようとしなかった。

「別に悪くないよ」

「感染《うつ》ったら大変だ」

「予防接種してるから大丈夫。僕は注射が苦手じゃないし」

「……嫌味だな」

押し問答の末ウィルが折れた。勝手知ったるなんとやらで僕はウィルの隣に自分の布団を

敷くと、薬がきいてきたのか眠そうにしている彼に、

「少し眠るといいよ」

と言い置き、後片づけをするために一旦《いったん》階下へと降りた。

寅吉さんは本当に家のことはなんにもしない人のようで、茶碗も下げずに部屋に戻ってしまっていた。『日本男児』というのはいい職業だ——別に職業じゃないらしいが——と思いながら僕は洗い物を済ませると、自分も入りたかったので風呂《ふろ》を洗い、山積みの洗濯物を洗濯機に突っ込んだ。

「風呂、沸きましたので先どうぞ」

「なんでえ、まだいやがったのか」

寅吉さんは自分の部屋で一人ぽつんと将棋盤に向かっていた。

「今日は泊めてもらうことにしました」

「ふん」

寅吉さんは、いいとも悪いとも言わず、ふいっと僕から顔を背けると、それでも僕の言うとおり先に風呂に入りに行った。

やれやれ——寅吉さんの態度はこれでもマシになったほうで、最初のうちは僕が家に来ると顔も見せてくれなかったのだった。嫌われてることを気にしてみせると、ウィルは「そんなことはない」と笑うのだが、気休めにしか聞こえなかった。

僕自身、寅吉さんのことは嫌いじゃない。見た目から僕が想像したとおり、寅吉さんは数年前まで大工の棟梁《とうりょう》をして、頑固ながらも腕がいいと評判だったそうだ。七十を越して引退したあとは、好きな碁や将棋三昧《ざんまい》の日々を送っているらしいのだが、ウィルの家に遊びに来るとき必ずといっていいほど在宅している彼とは、できれば友好な関係を築きたいと僕はずっと思っていた。

江戸っ子は入浴時間が短いとかつてウィルに教えてもらったことがあったが、寅吉さんも本当にすぐ風呂から上がってきた。続いて僕も風呂に入ったあと、湯を落としたり、洗濯物を室内に干したりして、そろそろ寝るかとさおりさんの部屋を覗いてみた。

「あら、イチローさん」

驚いた顔をした彼女に、泊めてもらうことにしたから、安心して寝ていてほしいと言うと、

「悪いねえ」

心底申し訳なさそうな顔をし、寝たまま僕に頭を下げてきた。

「悪くないですよ。全然」

「……本当にねえ。おじいさんが少しは家のことをやってくれたらいいんだけどねえ」

もう諦《あきら》めてるけれど、とさおりさんが苦笑する。

「昼は会社に行くけど、また夜には戻ってくるので」

「無理することないからね」

申し訳ながるさおりさんに「おやすみ」を言い、一応寅吉さんにも挨拶《あいさつ》はしておくかと彼の部屋を覗くと、また彼は将棋盤に向かっていた。傍らに缶ビールが置いてある。『男子チュウボウに入らず』でもビールを冷蔵庫から出すくらいのことはするらしい。

「なんでぇ」

襖から僕が顔を覗かせると、寅吉さんは紅い顔を向けてきた。

「……いえ」

『おやすみなさい』を言いに来たのだ、と口を開きかけたとき、いきなり寅吉さんがぶっきらぼうな口調で、

「おめえも飲んだらどうだ」

とビールを掲げてみせたものだから、僕は思わず驚き「え?」と声を上げてしまった。

「なんでえ、飲むのか飲まねえのか」

途端に寅吉さんの声が不機嫌になる。

「いただきます」

一体どういう風の吹き流し——は、高速道路にあるやつか——だろうと首を傾げてしまいながらも、僕は慌てて台所へと駆けてゆくと冷蔵庫からビールを取り出し、ついでにつまみになりそうな漬物を持って、再び寅吉さんの部屋へと戻った。

「おう」

プシュ、と缶ビールを開けると、寅吉さんは飲んでいた缶を僕へと示してみせた。乾杯、ということなんだろうかと思いながら僕は、

「いただきます」

と同じように彼に向かって缶を示してみせる。

多分寅吉さんは、彼なりに僕に感謝の意を示してくれていたのだろう。面と向かって『ありがとう』と言えない分、ビールを勧めてくれたに違いない。

もしかしたら一歩、彼に近づけるかもしれないと僕は目の前でぶすっとしたまま、再び将棋盤に向かってしまった彼に、話しかけてみることにした。

「将棋ですか？」

「見たらわかんだろうよ」

まさにそのとおり——だが、父親がまったく囲碁将棋に興味がなかったために、なんと声をかけたらいいのかわからなかったのだ。

「一人でできるものなんですか」

「できるわけねえだろ」

寅吉さんは将棋盤から顔を上げ、じろ、と僕を睨《にら》んできた。

「なに？」

「おめえ、少しはできんのか？」

「いいえ……」

どうやら彼は退屈していたらしかった。僕に相手をしろと言いたかったらしいが、僕がまったくできないことがわかると、

「なんでえ」

つまらなそうな顔になり、また一人盤に顔を伏せてしまった。

「あ、でもアレならできます」

「なに？」

なんとか会話を繋《つな》ぎ止めたくて、僕は思わず彼にそう声をかけてしまっていた。

「えーと、なんて言うんでしょう。『将棋崩し』？」

確か子供の頃にやった記憶がある。駒を山のように積み上げて、その山を崩さないようにひとつひとつ引いてゆく遊びを言うと、寅吉さんは、

「なんでえ、山崩しか」

と興味なさげな顔をした。

「……すみません」

やっぱり駄目か、と肩を竦《すく》めた僕の前で、寅吉さんががしゃがしゃと並べていた将棋の駒をかき集め始める。

「え？」

「仕方ねえなあ」

ぶすっとしながらも山を作っているところを見ると、どうやら僕とその『山崩し』をやってくれるつもりらしい。本当にめずらしいこともあるものだと思ったが、そんなことを言うとまたヘソを曲げられてしまうかもしれないと僕は無言で、彼が駒を山のように積み上げるのを見守っていた。

「おめえからいいぜ」

「はい」

実際にやってみると、子供だましかと思ったこの『山崩し』に僕も寅吉さんもやたらと熱くなってきてしまった。もともと負けず嫌いの二人が競うのだから必要以上に熱くなるのは仕方がないことだったかもしれない。

「あっ！　今、崩れた！」

「おめえが盤を揺らしたんじゃねえか」

「そんなことするわけないじゃないですか」

「ええい、もういっけえだ」

何度も何度も山を崩し、また作っては駒を引き、と繰り返しているうちになんだか楽しくなってしまい、僕は寅吉さんが、そおっとそおっと指先で王将を取るのを息を詰めて見つめながらも思わず笑ってしまった。

「ああ、畜生っ」

もう少しのところでカタン、と駒が崩れ、寅吉さんが悔しそうな声を上げる。が、彼の顔も笑っていて、僕たちは「疲れた」とすっかり気の抜けてしまったビールを飲み、お互いなんとなく笑い合った。

「なんか、やってるうちに夢中になってしまいました」

「子供じゃねえんだからよ」

自分こそ『熱く』なっていたくせに、寅吉さんは僕を馬鹿にしたように笑うと、

「子供か……」

何かを思い出したようで、ふっと遠くを見るような目になった。

「……コドモがどうか？」

「いや……本当に昔……まだ一郎が幼稚園にも上がらねえ頃、こうして山崩しをやったことがあったのを思い出してよ」

「へえ……」

『一郎』というのは言うまでもなくウィルのことだった。物心ついたときから寅吉さんはウィルの顔を見ずに話をする、と以前彼に聞いたことがあった僕は、こんな遊びをしたことがあったのか、と少し驚きながら彼の話に相槌《あいづち》を打った。

「あんときも確か、ばあさんが熱ぅ出して寝込んじまったんだった。一郎があんまりわんわ

ん煩《うるさ》く泣くもんで、仕方なく遊んでやったんだが、こいつがまた負けず嫌いでよ」

それは遺伝なのでは、と思ったが、寅吉さんの当時を懐かしむような顔を前に僕はつまらないツッコミを入れるのをやめた。

「負けると必ず『もう一回』って、ほら、さっきのおめえみてえに無理やり山ぁ作るのよ。真剣な顔して、小さな手で駒ぁ引くのがなんともいえずに可笑《おか》しくてなあ」

「……可愛《かわい》かったんだ」

「まあな」

寅吉さんの顔が、照れた笑みに崩れる。が、僕が小さな声で問いかけた言葉を前に、彼の顔から笑顔がすっと引いていった。

「……そのときは顔、見てあげてたんだ」

「またその話かよ」

けっと言いながら、寅吉さんがビールの缶を床に置き、ぐしゃぐしゃと将棋盤の上の駒をかき回し始める。

「……すみません……」

機嫌を損ねてしまったか、と頭を下げた僕の前で、寅吉さんはしばらくぐしゃぐしゃと将棋の駒をかき回していたが、やがてぽつんと、まるで独り言のような調子で呟《つぶや》いた。

「……あんたが言うことは正しい……俺もそう思うぜ」

「え……」

いきなりどうしたんだろう、と僕は驚き、小さく声を上げてしまったのだが、おじいさんはそんな僕を見ようともせず、ぽつぽつと話を続けていった。

「俺だってわかっちゃいるんだがよ……一郎には何一つ悪《わり》ぃところはねえってよ。でも、どうしてもあいつの父親……あの憎い男そっくりの顔ぉ見てると、我慢できなくなるんだよ」

「……我慢……ですか」

将棋の駒をかき回す寅吉さんの手が止まる。ぎゅっと、それこそ痛いのではないかと思うくらいに強い力で駒を握りながら、彼が漏らした言葉のあまりの痛々しさに、僕はもう、何も言えなくなってしまった。

「あいつの父親が美由紀《みゆき》を見捨てさえしなければ、美由紀もあんなに早くおっ死んだりすることたあなかったんだ……一郎には罪はないとわかっちゃいるんだが、あいつの顔見るたびにどうしてもそう思っちまう……いや、そう思おうとしちまう自分が許せねえんだ」

おじいさんはそう言うと、駒を握ったままの拳《こぶし》をどん、と将棋盤に叩《たた》きつけた。

「……美由紀が死んだのは、あいつの父親との仲を許さなかった俺に意地ぃ張って、身体がボロボロになるまでウチに帰ってこなかったせいだ……あいつの父親のせいじゃない。美由紀を早死にさせたのは誰でもねえ、俺なのに、俺はそれをあいつの父親のせいにしようとしてる……そんな卑怯《ひきょう》な自分がどうにも許せねえ……なんでもかんでもあいつの顔のせいにしちまってる、自分がほんと、許せなくなっちまうんだよ」

「……おじいさん……」

ドン、と寅吉さんがまた将棋盤を叩く。やりきれなさをぶつけるようなその音に、僕は初めて寅吉さんの苦悩を目の当たりにし、言葉を失ってしまっていた。

「……つまらねえ話を聞かせちまったぜ」

ぼそ、と寅吉さんが呟き、掌《てのひら》を開く。ぱらぱらと盤の上に零れ落ちる将棋の駒を見ていた僕は、やはり彼になんと言葉をかけていいかわからず、ただ、

「そんなことないです」

と見当外れの相槌を打つことしかできなかった。

「……明日も早《はえ》えんだろ？　そろそろ寝るか」

わざとらしく寅吉さんが部屋の時計を見上げてみせる。時刻はそろそろ一時を回ろうとしていた。

「……おやすみなさい」

「おう」

寅吉さんが将棋の駒を箱に戻し始める。顔を上げようとしない彼に、僕は深く頭を下げると、やるせないとしかいえない思いを胸に彼の部屋を辞したのだった。

「おかえり」

階段を上ってウィルの部屋の襖を開けると、ちょうど目を醒《さ》ましたらしい彼が僕に笑顔を向けてきた。

「……喉《のど》、渇いた？」

「いや……」

首を横に振ったウィルの額に手をやると、薬のせいか熱は随分下がっているようである。

汗で寝巻きがぐっしょりと濡《ぬ》れていることに気づいた僕は、身体を拭《ふ》いてやることにした。

「いいよ」

「いいから」

汲《く》んできた湯に浸したタオルをきつく絞り、汗に濡れた浴衣《ゆかた》を脱がせて裸の胸を拭いてゆく。

「……なんか、変な気分になりそうだ」

「馬鹿」

熱が下がったからか、ウィルの軽口にも元気が戻ってきていることにほっとしながらも、僕の頭には先ほど寅吉さんから聞いた告白がいつまでもぐるぐると渦巻いてしまっていた。

「……どうしたの？」

ウィルが敏感に僕の様子がおかしいと気づき、静かに問いかけてくる。

「……うん……」

言うべきか言わざるべきか——寅吉さんの胸の内をウィルに告げることで逆にウィルを傷つけるのではないか、それを僕は案じてしまい、どうしても口を開くことができなかった。

寅吉さんがウィルを可愛いと思っていることは勿論《もちろん》教えてやりたい。でも、ウィルの顔を見ると、自分を許せない気持ちになるという寅吉さんの思いをウィルが知れば、自分の存在が大好きなおじいさんを苦しめているのだとかえって彼は気にしてしまうかもしれない。

少しも悪いところはないのに、自分の存在自体を申し訳なく思っているような彼にはやはり伝えるべきではないのかもしれない、と僕は、

「なんでもないよ」

と無理やりのように笑うと、黙々と彼の身体をタオルで拭《ぬぐ》い続けた。

「……一朗」

「……なに？」

胸のあたりを拭いていた僕の手を、ウィルがそっと摑《つか》んでくる。

「……来てくれて嬉しかった」

「当たり前じゃないか」

にこ、と微笑むウィルに僕も笑い返したそのとき、ぐい、と強く手を引かれ、僕は彼の胸に倒れ込んでしまった。

「なに？」

「……したくなってしまった」

「え？」

何を、という目的語を聞くより前に、ウィルが摑んだ僕の手を、下半身へと導いてゆく。

「……熱い」

僕の手を強引に押し当てさせた彼の雄は、すでに勃《た》ちかけていた。

「君に身体を拭かれてるうちに、むらむらしてきてしまって」

「オヤジか」

くす、と笑った僕の浴衣の合わせに、ウィルの手が伸びてくる。

「エロオヤジ」

「それだけ元気になったってことで」

僕の胸を弄りながら、ウィルがふざけたように笑う。

「……仕方ないな」

確かに『やりたい』と思うくらいに元気になったのはいいことだ——胸に抱えるやるせない思いのぶつけどころを見つけたと、僕は身体を起こすと自ら浴衣の前を開き、仰向《あおむ》けに寝るウィルの腹のあたりに跨《また》がった。

「……なんだか、とてつもなくやらしいな」

「したいと言ったのはウィルだろう」

言いながらゆっくりと彼に覆い被《かぶ》さり、唇を唇で塞《ふさ》ごうとする。

「感染らないかな」

「……予防接種してるし……まあ、感染ってもいいけど」

君からなら、と言いながら唇を塞ぐと、ウィルは軽く口を開き、僕の舌を招き入れた。

「……ん……」

普段、キスの主導権はウィルが握ることが多い。が、今日の彼にはそこまでの元気がないようで、僕はいつも彼がするように舌で歯列をなぞって更に口を開かせると、彼の舌に自分のそれを絡めていった。

「……ん……っ……んんっ……」

熱い――まだ熱があるのか、ウィルの口内は熱かった。やはり無茶はさせちゃいけないと唇を外そうとした僕の背に、ウィルの腕が回り、胸に抱き寄せてくる。合わせた胸が上下する、鼓動の速さも普段よりよっぽど速いように感じ、僕は彼の頭の脇《わき》に両手をついて無理やりに身体を離すと、

「やっぱりやめよう」

とウィルの上から退《ど》こうとしたのだが、僕の背にある彼の腕は緩まなかった。

「……どうして？　しようよ」

熱のせいなのか、きらきらと潤む瞳《ひとみ》がじっと僕を見上げている。思わずその光に意識が吸い込まれていきそうになるのを必死で踏みとどまると、常識人らしい戒めの言葉を彼に与えてやった。

「身体にいいわけがないと思うんだけど」

「運動して汗をかいたら、また熱が下がるよ」

「屁理屈《へりくつ》のような気がする……」

顔を顰めた僕の背を、ウィルの掌が滑り降り、ぎゅっと尻《しり》を摑んでくる。

「……っ」

「したい……今、どうしても一朗としたいんだけどな」

病人の言うことはきいてよ、と甘えた声を出した彼が、浴衣越しにぐりぐりと後ろを指で弄《いじ》る。

「……もう……」

何が『病人』だよと苦笑してしまいながらも、すでに身体の内に欲情の焔《ほむら》が立ち上り始めていたのは事実で、僕は彼の身体を気遣いながらも再びそっと彼へと覆い被さり、首筋に唇を這わせていった。

「……くすぐったい」

くすくす笑うところを見ると、僕が感じる首筋には彼の性感帯はないらしい。だが掌で胸の突起を擦《こす》り上げると、そこは一応感じるようで、ウィルはびく、と身体を震わせ、照れたように笑ってみせた。

「……なんか変な感じだな」

「……抱かれる気分？」

言いながら僕は、つん、と勃ち上がった彼の胸の突起に唇を寄せる。

「……ん……」

いつも彼がしてくれるように、舌先で転がしながら、ときに軽く歯を立てると、頭の上でウィルが小さく吐息を漏らす音が聞こえてきた。

「感じてる？」

「……一朗は言葉責めが好きなのか」

顔を上げて尋ねた僕に、ウィルが笑ってそう答える。

「……好きかもね。『どうしてほしい？』なんて聞いたりして」

「いやらしいな」

くすくす笑いながらもウィルの手はそれこそ『いやらしい』動きをみせ、僕の浴衣の裾《すそ》を捲《めく》り上げるとトランクスを下ろしてきた。

「『どうしてほしい?』」

片脚ずつ上げて彼の動きを助け、下着を脱ぎきってしまったあと、唇を近く寄せて僕は彼に問いかける。

「挿《い》れたいです」

「……ストレートだな」

思わず吹き出してしまった僕も、ウィルの指がずぶ、と中へと挿入されてきたのには、うっと息を呑《の》んでしまった。

「……ここにね」

「……わかってる……ん……っ……」

ウィルの手を摑んで外させ、彼の腹の脇に膝《ひざ》を立てる。すでに勃ちきっていた彼の雄を摑むと、僕は自分で後ろを広げ、中へと収めながら、彼の腹の上に腰を下ろしていった。

「……いいね……」

「ん……っ」

熱い——堪《こら》えきれないようなウィルの声と共に、僕の中の彼がびくびくと動く様が、僕を急速に快楽の高みへと導いてゆく。

冷静に考えれば病人相手に何無茶をしているんだと思わないでもないのだけれど、一度火がついてしまった身体に理性は働かなくなっていた。

最初はゆっくりと、次第に激しく僕は身体を上下させる。

「ん……っ」

ウィルの熱い雄の先端を、自分の感じるポイントに導くように腰を動かす僕の下で、ウィルの引き結ばれた唇から、低い呻《うめ》きが漏れていった。

「……一朗……っ」

「……なにっ……？」

激しく動き始めた僕に、ウィルが掠《かす》れた声をかけてくる。

「今日はあまりもちそうにないよ……」

「……馬鹿っ……」

困ったように笑ったウィルの顔を見て、僕は思わず吹き出してしまったが、それなら早く彼を解放してやろうと再び激しく腰を打ちつけ始めた。

「……ん……っ……あっ……あぁっ……」

僕の口からも堪えきれない声が漏れ始めてしまう。やがてフィニッシュ、とばかりに僕が腰を上下させながら彼を締めつけると、

「……っ……」

う、と低く呻いてウィルが達し、僕の中に精を吐き出したのがわかった。

「……ごめん……すっかり君をほうっておいてしまって」

勃ちかけた僕の雄に、今更のようにウィルの手が伸びてくる。

「……病人ですから」

気にしないで、と僕は笑って彼の手を上から掴むと彼に覆い被さり、息を乱すその唇に自分の唇を押し当てた。


「元気になったらリベンジだ」

「気にするなよ」

やはり熱のあるときの行為には無理があったのか、すっかり体力を消耗してしまったらしいウィルの身体を僕は手早く拭いてやると、新しい浴衣を着せて布団に寝かせてやった。

「……それよりまた、熱が上がらないといいんだけれど」

「大丈夫。君の顔を見てるだけでよくなるような気がする」

なんの根拠もないことを言って笑ったウィルが、さすがに喋《しゃべ》るのも辛《つら》くなってきたのか、静かに目を閉じ息を吐く。

疲れきっているように見えるその顔に、『大丈夫か』と再度問いかける代わりに、少し意地悪を言ってみたくなった。

「教訓が一つできたな」

「なに？」

再び目を開こうとする彼の瞼《まぶた》を、寝てるようにと僕は掌でそっと押えてやる。

「『熱のあるときはいやらしいことは考えない』」

「……そんな『言葉責め』はいらないよ」

不満そうに口を尖《とが》らせたウィルの唇に、僕は軽いキスを落とすと、「おやすみ」と彼に笑いかけ、隣の布団に潜り込んだ。

「……おやすみ」

ウィルが静かな声でそう答えてくれたあと、

「一朗」

再び僕に呼びかけてきた。

「なに？」

「……好きだ……」

「……僕も」

微笑みかけてくる彼に微笑を返し、伸ばしてきた彼の手を僕も手を伸ばして握り締める。

「……このまま寝ようか」

「……うん」

掌から伝わる熱が、行為以上に彼の熱い想《おも》いを伝えてくれるような気がする。彼も同じように感じてくれているといいなと思いながら、僕は彼の普段より熱い掌をぎゅっと握り締め、一日も早い彼の回復を祈った。

翌朝、僕は少し寝過ごし——昨夜の中途半端なウィルとの行為のせいだろうか——慌てて階下へと降りていった。さおりさんの話では、寅吉さんは朝七時には朝食をとるのだという。時刻は七時五分前で、どんなに急いでも三十分は彼を待たせてしまうなと慌てて台所に駆け込んだ僕は、そこに信じられない光景を見出し、思わず驚きの声を上げてしまった。

「ど、どうしたんです？」

「おせえんだよ」

台所で鍋《なべ》をかき回していたのはなんと——『男子厨房に入らず』の日本男児、寅吉さんだったのだ。

「すみません……」

確かに遅くなってしまった——が、一体どうした風の吹流し——は、しつこいようだが高速道路にある鯉《こい》のぼりみたいなやつだ——だ、と、僕は慌てて寅吉さんに駆け寄り、彼が調理している鍋を覗き込んでしまった。

「粥くれえ、俺にだって作れるんだよ」

「……ほんとだ……」

寅吉さんはどうやら、さおりさんとウィル用に粥を作ってくれているらしい。手つきは確かに危なっかしかったが、それでも鍋の中には美味しそうな粥が出来上がりつつあった。

「馬鹿にすんなよ？」

照れているんだろう、乱暴な口調でそう言う寅吉さんの顔は真っ赤だった。

「馬鹿になんかしてないですよ」

笑っちゃいけない、と思いつつ、思わず僕が笑ってしまったそのとき、

「どうしたの？」

背後でした声に、僕と寅吉さんは驚き、二人して台所の入口を振り返ってしまった。

「なんでえ、起きたりして大丈夫か？」

驚いたような顔をしてその場に立ち尽くしていたのはウィルだった。寅吉さんがいつものように、ふいっと彼から目を逸《そ》らす。

「熱、下がったみたいだから大丈夫だよ。おじいちゃんこそ、台所になんか立って、『男子厨房に入らず』じゃなかったのかい？」

「うるせえよ」

寅吉さんがますますそっぽを向いて答えたのに、ウィルは肩を竦めている。起きたりして大丈夫なのかと僕は駆け寄り、

「熱は？」

と顔を覗き込んだ。

「ああ、まだちょっとふらつくけど、下がったみたいだし」

「ふらふらしてんなら起きてくるんじゃねえよ」

僕への答えを聞きつけた寅吉さんが、背中を向けたままそう怒鳴る。

「はいはい」

やれやれ、というようにウィルがまた僕に向かって肩を竦め、台所を出ようとしたそのとき——。

「粥、作ったからよ、ウィルの分は一朗さんが運んでやってくれ」

ぼそっと、まるで怒っているような口調で言った寅吉さんの言葉に、ウィルの足がぴたっと止まった。

「え？」

今、彼はなんて言った——？『ウィル』と名前を呼ばなかったかと、僕は驚いて思わず素《す》っ頓狂《とんきょう》な声を上げてしまっていた。

「おじいちゃん……」

ウィルがなんともいえない顔で、寅吉さんの背中に声をかける。

「うるせえんだよっ。イチローが二人もいちゃあ、ややこしいじゃねえか」

乱暴に鍋をかき回しながら答える寅吉さんは、相変わらずウィルを振り返ろうとしなかったが、今、寅吉さんの顔がこれ以上にないくらいに真っ赤になっているだろうということは、見なくてもわかった。

「おじいちゃん……」

真っ赤になっているのは寅吉さんの顔だけじゃない。再びその背に呼びかけたウィルの目も真っ赤だった。

「寝てろってんだよ」

「……うん」

ウィルが小さく頷いたあと、僕に泣きそうな顔を向ける。

「……うん……」

すでにボロボロ涙を零してしまっていた僕は、寅吉さんの前だということも忘れ、彼の背に両腕を回すと、力いっぱい彼の身体を抱き締めてしまっていた。

「……なんだか信じられないよ」

寅吉さんの作ってくれた粥を、昨日同様——起きられるくらいに回復しているのだからその必要はなかったのだけれど——僕に食べさせてもらっているウィルの目は、未《いま》だに赤いままだった。

「……僕も」

何が寅吉さんの心を動かしたのだろう——幼いウィルと遊んだ日の思い出だろうか、と思いながら僕も赤い目のまま、ウィルに向かって笑いかけた。

「……みんな君のおかげだね」

ウィルが手の甲で目を擦る。

「違うと思うよ」

「いや、きっとそうだよ」

その手でウィルは、匙を持つ僕の手をぎゅっと握り、僕の顔を覗き込んできた。

「……ありがとう」

「だから僕は何もしてないって」

言いながら僕も匙を置き、彼の手をぎゅっと握り返す。

「……自分の名前を呼んでもらうのが、こんなに嬉しいものだとは思わなかった」

「……ウィル」

また互いに涙ぐんでしまった僕たちは、目を見合わせ照れて笑い合った。

「次は僕たちの仲を、おじいちゃんたちにカミングアウトしなきゃだね」

照れ隠しからか、明るい口調でウィルはそんなことを言い出すと、またもぎゅっと僕の手を握り締めてきた。

「……それはちょっと……『日本男児』の寅吉さんにはハードルが高いような……」

さすがに難しいんじゃないかと真面目に答えてしまった僕の手をウィルは更に強い力でぎゅっと握った。

「二十六年間、呼んでくれなかった名前を呼んでもらう以上に、難しいことなんかないよ」

「……ウィル……」

そうだね――大好きな家族には、いつか正直に話したいと僕も思う。

どれだけ僕たちが互いを大切に思っているか。どれだけ互いの幸せを祈っているか――ウィルのことを大切に思っている寅吉さんとさおりさんなら、わかってくれるような気がする。

「好きだよ」

ウィルが僕の手を握り、そっと唇を寄せてくる。

「……好きだ」

彼のキスを受け止めるのに閉じた僕の瞼の裏には、彼と、彼の祖父母と皆して笑い合う姿が浮かんでいた。

リベンジ〜revenge〜

インフルエンザから復活したウィルは、出社早々僕をホテルへと誘った。どうやら彼は、僕が看病に行った夜の中途半端な行為を、ずっと病床で気にかけていたらしい。

「……元気になったのはいいことだと思うけれど」

結局ウィルは三日間、会社を休んだ。その間に彼の机の上には懸案事項が山ほど積まれ、他人事《ひとごと》ながらきっと今夜は深夜残業になるのだろうと心配していた矢先の誘いだっただけに、僕は呆《あき》れて手を握ってきたウィルの顔を見返した。

「仕事はどうするのかな？」

「『明日でいいことは今日やらない』――法務の先輩に習ったモットーだ」

「『明日』がますます大変になるような気がするんだけれど」

大丈夫かなと彼の荒れまくった机を眺め溜《た》め息《いき》をついた僕の顔を、やや憮然《ぶぜん》としてウィルが覗《のぞ》き込んでくる。

「もしかしてそれは、今夜はそういう気分じゃないというサジェスチョンなのかい？」

「別にそういう意図はないけど」

「あんな中途半端なセックスをした僕に愛想を尽かせたとか？」

ウィルがわざとらしく口を尖《とが》らせる。

「……そんなこと少しも思っちゃいないだろうに」

「思ってる。心配で胸が張り裂けそうだ」

「……まったくもう」

日本生まれの日本育ちであるというのに、ＤＮＡがそうさせるのか、外国人さながらのオーバーな仕草で嘆いてみせるウィルを前に僕は思わず笑ってしまった。

「ねぇ、行こうよ」

ウィルも満面に笑みを浮かべて僕を見返し、手を僕の頬《ほお》へと伸ばしてくる。午後九時を回った今、フロアには僕たちしか残っていないがゆえにできるスキンシップとばかりに唇を寄せてくる彼に、僕は自分から軽く唇をぶつけた。

「一朗《いちろう》」

ウィルが少し驚いた顔で僕を見下ろす。

「行こうか」

笑った僕にウィルも青い瞳《ひとみ》を細めて笑い返し、僕たちは二人肩を並べオフィスを出ると、会社に一番近いシティホテルへと向かった。

タクシーの中から予約をしたホテルの部屋に入った途端、ウィルは僕を抱き締めてきた。

「ちょっと……」

季節が季節なだけにそれほど汗ばんではいないが、それでもそこまで性急にならなくても、と、僕はウィルの胸を押しやり身体《からだ》を離した。

「なに？」

小首を傾《かし》げるようにして顔を見下ろすウィルに、

「シャワーとか、浴びない？」

ごく当たり前の提案をした僕は、なんとその場で抱き上げられてしまった。

「ウィル」

「僕を焦《じ》らして一朗は楽しいのかな」

多分演技なんだろう、不機嫌な顔をしてみせる彼が僕を抱いたままベッドへと近寄り、そっとその上に下ろす。

「『焦らす』ってちょっと意味が違うような気がするけど」

日本語が覚束《おぼつか》ない僕でも、自分の行動が彼の言うような『焦らし』であるとは思えない。どちらかというとただの『正論』だと思うのだが、彼と議論を戦わせようとするより前に、ウィルの唇が落ちてきた。

「……ん……」

貪《むさぼ》るような勢いのキスに、元気になったんだな、などと呑気《のんき》なことを考えていられたのは最初のうちだけだった。彼の手がそれこそ性急に僕のネクタイを解《ほど》き、シャツのボタンを順番に外してゆく。僕の唇から離れた唇が、そのまま首筋から胸へと下り、胸の突起を痛いくらいの強さで吸われたときには、僕にもすっかり彼の『性急さ』が伝染《うつ》ってしまっていた。

「やっ……」

高い声が唇の間から漏れたと同時に腰がくねる。あからさまな誘いのポーズをとる自身を恥じる間もなく、ウィルの手が僕の下肢へと伸び、服越しにぎゅっとそこを握られた。

「……あっ……」

だがその手はなかなかファスナーにはかからず、スラックスの上から形をなぞるように上下するだけである。もどかしさから胸を舐《ねぶ》るウィルの頭をぐい、と抱き寄せると、ウィルが顔を上げ問いかけてきた。

「……なに？」

「…………」

面と向かって『なに』と聞かれて、『脱がして』と答えられるほど羞恥《しゅうち》の念を手放していなかった僕は一瞬言葉に詰まりまたぎゅっと彼の頭を抱き締めた。

「……どうしたのかな？」

くすりと笑ったウィルが僕のそれをまたスラックス越しにつつ、と撫《な》でてくる。

「……こういうのを『焦らす』って言うんじゃないのかな」

ぼそ、と答えた僕に、ウィルがぷっと吹き出した。

「違いない」

言いながら彼の手がようやくベルトにかかり、スラックスをトランクスごと引き下ろす。

再びウィルが僕の胸に顔を伏せて胸の突起を舐り始め、今度はじかに勃《た》ちかけた僕を扱《しご》き上げる。一気に身体に火がつき、僕は高く声を上げると開いた両脚をまだ少しも乱れぬ服装のウィルの背に回し、ぎゅっとしがみついてしまった。

「あっ……」

「……了解」

顔を上げたウィルが微笑《ほほえ》み、後ろに腕を回して僕の脚を外させると、手早く服を脱ぎ始める。

「もう焦らさないから」

あっという間に全裸になったウィルがにやりと笑い、再び僕へと覆い被《かぶ》さってきた。

「……馬鹿」

じろりと睨《にら》み上げるとウィルは楽しげな笑い声を上げ、それこそ『焦らさぬ』ことを実践してみせるとばかりに僕の胸にむしゃぶりついた。

「リベンジ、できたかな」

何度か互いに達したあと、はあはあと息を乱す僕を汗ばむ胸に抱き寄せ、ウィルが耳元で囁《ささや》いてきた。

「……気にしてたの？」

「悪かったなと思ってさ」

顔を上げた僕の瞼《まぶた》に、頬に、唇を押し当てるようなキスをしながら、ウィルが汗で額に張りつく僕の髪をかき上げてくれる。

「悪いのは、熱があるウィルに無理させた僕、という気がしないでもないけど」

「いや、心配かけたし、お見舞いにも来てもらったし、おじいちゃんやおばあちゃんのこともいろいろやってもらったし……リベンジというより感謝の念を伝えたくて」

ね、と微笑み、ぎゅっと背を抱き寄せてきたウィルが僕の髪に顔を埋《うず》めた。

「……その割りに焦らされたけど」

胸に唇を寄せながらぼそりと呟《つぶや》いた僕の声は彼には届かなかったらしい。

「なに？」

「……いや」

顔を覗き込んできた彼に僕は笑って首を横に振ると、ぎゅっとその背を抱き締め返した。

「感謝の念は嬉《うれ》しいけど、無理はしなくていいから」

「無理？」

何を言ってるんだとウィルがまた僕の顔を覗き込む。

「仕事のこととか。あと身体も。病み上がりなんだし」

「……なに？　いつもより元気なかった？」

ウィルが心配そうな顔になるのに、僕は慌ててまた首を横に振った。

「そういう意味じゃなくてね」

「よかった？」

尚も心配そうな顔でウィルが僕に聞いてくる。

「よかった」

「どのくらい？」

「……いやらしいこと、言わせようとしてるだろ？」

彼の『心配』にわざとらしさを感じ、じろりと睨み上げると、

「ばれたか」

途端にウィルは笑い出し、僕の背をぐい、とまた抱き寄せた。

「……本当にもう……でも元気になってよかったよ」

呆れながらもいつものようにふざけてみせる彼にほっとし、彼の胸に身体を寄せる。

「ありがとう」

ウィルはますます強い力で僕を抱き締めると、耳元に熱く囁いてきた。

「実はさっきの『感謝の念』は大義名分でね、元気になったら一番に一朗を抱きたいと思ってたのさ」

「……大河……？　米軍……？」

ＮＨＫのドラマとアメリカがどういう関係なんだと尋ねる前に、ウィルに唇を塞《ふさ》がれていた。あとで聞いてみようと思いつつ――聞いて大笑いされたのだけれど――そのまま僕は彼とのくちづけに没頭していった。

All for Love

初めて彼を見たとき、その容貌《ようぼう》の美しさに僕は思わず言葉を失い見惚《みと》れてしまった。『博多《はかた》人形のような肌だ』――遠い昔、テレビで見たコマーシャルを髣髴《ほうふつ》とさせる白磁のごときなめらかな肌――東洋人が年齢不詳と言われるのは、肌理《きめ》細かな肌の美しさにあると思うのだが、彼の肌の美しさはまた格別で、狭い会議室内、思わず触れてみたいという衝動を抑え込むのに僕は随分苦労したものだった。

美しいのは肌だけじゃない、彼の切れ長の黒い瞳《ひとみ》も酷《ひど》く印象的だった。切れ長、といっても目が細いというわけではない。幾分年齢より幼く見える彼の顔は、顔の小ささと、その小さい顔の面積で瞳が占める割合が大きいゆえではないかと思う。

美しい、黒い瞳だった。比喩《ひゆ》ばかりで申し訳ないが、黒曜石の煌《きら》めきを思い起こさせる彼の瞳の美しさは、これぞ筆舌に尽くしがたいというべきもので、彼の黒い大きな瞳で真《ま》っ直《す》ぐに見つめられると、僕は話をすることも忘れてぼうっと見惚れてしまいそうになった。

黒曜石のごとき瞳を縁取る長い睫《まつげ》の影が、彼が目を伏せるたびに白皙《はくせき》の頬《ほお》へと落ちてゆく。微《かす》かに震えるその睫の影が、彼の美貌をやけにはかなく見せていて、同性でありながらにして庇護《ひご》欲《よく》をかき立てる彼の小さな顔に僕の目は釘《くぎ》づけになっていた。

新入社員の履歴書は教育係をする者には事前に回付されるのだが、顔写真つきのその履歴書を見たときには、実は彼の美貌には気づいていなかった。

僕の手に渡るまでに数度のコピーを繰り返されていたために、整った顔立ちだというくらいにしかわからないよう、写真が劣化していたせいである。

もともと男に性的興味を覚えることがなかった僕は、顔の美醜よりも彼の人柄のほうが気になり、履歴書の中身を読んで、「うへえ」と思わず唸《うな》ってしまった。

日本で過ごした年月よりも、海外暮らしが長いという。綺麗《きれい》な右上がりの文字を書いてはいたが、言われてみると日本語の表現は少し稚拙で、漢字も書き慣れていないように見えた。

「TOEIC九七五点は、ウチの課には惜しいよなあ」

本来教育係にのみ回付されるべき履歴書は、「こいつ凄《すご》いぞ」という課長の一言で課員どころか部員全員に見られることになった。

「帰国子女かあ。建設業界にゃTOEICはいらないからなあ」

「日本語不自由なほうがヤバいよな」

「ぶっとんだ奴じゃないといいなあ。敬語が使えないとかさ」

実際に隣の課の事務職が帰国子女で、満足に日本語が書けないという『前例』があったこともあり、僕たちは戦々恐々としてTOEIC九七五点の彼が配属されるのを待っていたのだが、実際にやってきた彼は、僕たちの想像と少し違った。

日本語は覚束《おぼつか》ないと本人は謙遜《けんそん》していたが、僕らが心配していたような『ぶっとんだ』新人ではどうやらなさそうだった。ぶっとんだどころか、おとなしそうに見えたのは、日本人形を思わせる彼の美貌のせいだろう。

だが、実際はおとなしい——というより、あまりにも彼には愛想がなかった。配属初日、初めて彼と話したとき、僕の前で百面相をしてみせた彼は、見かけによらず明るい性格なのではないかと思ったのだが、日が経《た》つにつれその明るさは失《う》せていき、僕の、そして他《ほか》の課員たちの首を傾《かし》げさせた。

「態度悪いよなあ」

必要以上の会話を避けているとしか思えない彼の態度に、先輩たちの間からはブーイングが起こった。飲みに誘っても一度も「うん」と言わない。笑いもしなければ滅多に自分から話しかけてもこない。第一印象とはまるで違う彼の姿に、一体何が彼をそうさせるのかと僕は首を傾げていたのだが、あるときふと、彼は他の誰《だれ》でもない、僕を避けているんじゃないかとようやく気づいたのだった。

どうしてなんだろう——この外見のせいで、幼い頃から理由もなく人に拒絶されることには慣れてはいたが、海外暮らしの長い彼がそんな狭量な心の持ち主とはちょっと思えなかった。単に僕と気が合わないと思っているのだろうかとも考えたが、『気が合う』かどうかを確かめられるほどに彼と深い会話を交わしたことはなかった。

一体何が気に入らないのか——周囲のブーイングが次第に高まるのも気になっていたが、

何より僕は彼が自分のどこを気に入らないと思っているのか、それを強烈に知りたいと思い始めていた。

知ったところで、彼が僕を厭《いと》わなくなるというわけではないだろうに、闇雲《やみくも》に『知りたい』と思ってしまう僕は多分、このときには相当彼に参ってしまっていたのだろう。

初日に彼が見せた、端整な美貌を裏切る感情の発露をもう一度見たい——彼が心から笑ったり、怒ったり、泣いたりする様を見てみたい。なぜだか硬い殻に感情のすべてを押し込めてしまっている彼の、真の姿を見たいという僕の願いは、間もなく叶《かな》えられることになった。

『ファックユー！』

初めての接待の席上、接待先の課長をいきなり英語で怒鳴りつけた彼を、僕は呆然《ぼうぜん》と見つめることしかできないでいた。怒りに燃える瞳がきらきらと輝いている。真っ赤な顔は憤怒に歪《ゆが》んでいたけれど、普段の彼の顔より数段魅力的に僕の目には映っていた。

何より彼の怒りの原因が僕への課長の仕打ちだったということに、僕は有頂天になってしまっていた。ようやく落ち着いた彼を強引に家に連れ帰ったのは、そんな僕の浮かれた心が先走ってしまった結果だった。

僕は知らなかったのだ。彼が決して人に触れられたくないトラウマを持っていることを。

知っていれば彼へのアプローチもそれなりに考えただろうにと、僕は自分の今までの浅慮な振る舞いを後悔すると同時に、彼のそのトラウマをなんとか癒《いや》してやれないだろうかと切実に思う自分の心を制することができなくなっていた。

「君の辛《つら》い思い出も、傷ついた心も、何もかもを受け止めてあげたい。不遜《ふそん》だと君は怒るかもしれないが、君のその『外国人コンプレックス』を治してあげたい」

本当に不遜な言葉だったと思う。簡単に言うべきことではなかったと僕はあとから随分反省したのだけれど、それでも言わずにはいられなかった。震える彼の背を抱き締めずにはいられなくなってしまっていたのだ。

外国人の外見をしていることを——外見も何も、僕の身体《からだ》の半分は外国人の血が流れているのだけれど——疎ましく思ったことはないと言うと嘘《うそ》になる。だが彼の話を聞いたときほど、自分の外見が日本人であったのなら、と切に思ったことはなかった。

無理やりのように抱き締めた僕の腕の中で震える華奢《きやしや》な身体が痛々しかった。それなら離してやればいいと思うのに、腕を緩めることはどうしてもできなかった。

やがて彼の身体から力が抜け、僕の腕の中で安らかな寝息を立て始めたとき、僕の胸には安堵《あんど》の思いと共に、どうしようもないほどの彼への愛《いと》しさが溢《あふ》れていた。

いつから僕は、これほどまでに彼を好きになってしまったのだろう——。

長い睫の影が白皙の頬に落ちて揺れている。薄く開いた形のいい唇から漏れる寝息に耳を澄ませながら、僕は一晩中彼のことを考えていた。

おとなしやかに見える外見を裏切る熱い心情に触れたときだっただろうか——僕が受けた仕打ちをまるで自分のことのように怒ってみせた、正義感の強い性格を目の当たりにしたときだろうか。僕の生い立ちを聞き、泣いてくれた優しさに触れたときだろうか。祖父の僕への態度を怒り、理由を聞いて涙してくれた温かな人柄を知ったときにだろうか。

知れば知るほど彼のことをますます知りたくなる。顔を見合わせ、彼の語る言葉を聞きたいと思うのに、己の外見が彼を竦《すく》ませ、言葉すら失わせているのだと思うと、ひどくやるせなくなり、気づけば僕は大きな溜《た》め息《いき》をついてしまっていた。

「……ん……」

気配に気づいたのか、腕の中の彼が小さく呻《うめ》いたのに僕ははっと我に返り、起こしてしまったかと顔を覗《のぞ》き込んだ。息を詰めて見つめる僕の前で、形のいい眉《まゆ》が微かに寄せられてできた眉間《みけん》の皺《しわ》がやがて解《ほど》け、安らかな寝息を立て始める。

やれやれ、と今度は最大限に気を遣って安堵の息を吐き出すと、僕はそっと彼の背を寝やすいように抱き直し、黒い髪に唇を寄せた。

愛しい――。

今は厭われていようとも、いつか彼が僕に笑いかけてくれる日が来るかもしれない。僕のために怒り、泣いてくれた彼だ。いつか僕のこの外見をも受け入れてくれる日が来るだろう――いや、きっと来るに違いない。

その日が来たらすぐに僕は彼に自分の胸の想《おも》いを告げようと、再びそっと彼の髪に唇を押し当てる。いつまでだって辛抱強く待ってやるという思いを抱くこの胸に唇を寄せ安らかに眠る彼の――一朗《いちろう》の背を、心からの愛しさをもって僕はそっと抱き締めた。

隅田川より愛をこめて

一朗《いちろう》が念願の一人暮らしを始めることになった。通勤が大変だと両親を説得し、僕の家から近い勝《かち》どきのマンションを借りるのだという。

今日がその引っ越しで、僕は手伝いを買って出たのだが、『お任せパック』にするから大丈夫だと断られてしまった。それでも新居を訪ねたいと言うと一朗は了承してくれ、業者が帰るという午後五時に、新しい彼の城を訪れることにした。

月島《つきしま》から勝どきは徒歩にして十分もかからない。マンションの名を聞いたときにもしや、と思ったのだが、実際訪れてみるとそこはできたばかりの豪華な超高層マンションだった。昔商社マンをしていた父を持つという彼の実家は随分裕福であるらしい。

まあ、セキュリティがしっかりしているのは彼のためにも頼もしいと思いながら、僕はオートロックのインターホンの前に立ち、教えられた部屋番号を押した。

『はい』

監視カメラが僕の画像を捉《とら》えているのがわかる。

「こんにちは」

『ウィル！　どうぞ入って。エレベーターは右手だよ』

一朗の声は少し疲れているようだった。『お任せ』といってもやはり疲れたのだろうと、僕は今日無理やりのように訪れたことを後悔したのだが、引っ越す動機が『僕と二人で過ごす時間をもっと作りたい』からだと言ってくれる彼を、なんとしてでも越してきたその日のうちに抱き締めたいと思う気持ちが止められなかったのだった。

一朗の部屋は十五階の角部屋だった。佇《たたず》まいも立派だったが、マンションの内部も本当に綺麗《きれい》で、ついつい商売柄、設計施工はどこだろうなどと思いつつエレベーターに乗り込み十五階のボタンを押す。徒歩にして十分だというのに、自分の家の周囲とはまるで違う、洗練された雰囲気に圧倒されながら僕はエレベーターを降り立ち一朗の部屋を目指した。

インターホンを押すとすぐ彼はドアを開いてくれた。

「引っ越し、おめでとう」

二人で乾杯しようと僕はシャンパンを持参していた。

「ありがとう！」

一朗の目が輝く。やはり少し疲れていそうだなと思いつつ僕は、

「業者の人は？　帰ったの？」

と勧められるままに靴を脱ぎながら彼に尋ねた。

「うん。さっき帰った」

「『お任せパック』って、荷物の収納もしてくれるのか」

「してはくれるんだけど、ぱっぱっと適当に突っ込むものだから、後始末が大変そうだよ」

どうぞ、と一朗が僕をリビングへと連れてゆく。一体何部屋あるのかと尋ねると、1LDKだと教えてくれたが、LDK部分は二部屋ぶち抜いたような広さで全面がガラス窓という眺望のいい部屋だった。

「凄《すご》いな」

思わず窓辺に駆け寄り見下ろすと、隅田川《すみだがわ》の向こうに銀座の街が見える。

「リバービューというんだって。川はどうでもよかったんだけど」

何か飲む？　と言いながら近づいてきた一朗が僕の傍らに立ち顔を見上げてきた。

「疲れてるだろう？　僕がやろう」

「大丈夫」

一朗はにっこりと目を細めて微笑《ほほえ》むと、「そうそう」と僕の腕を摑《つか》み、また窓の外へと僕の注意を向けた。

「なに？」

「ウィルの家、あのあたりだよね」

指差した先には僕の家からもよく見える超高層のビル郡が見える。ちょうどその後方あたりが僕の家の近所になるのだろう。

「そうだね」

「窓から見えるくらい近いところに来られてよかった」

ふふ、と照れたように一朗は笑い、僕の腕を摑む手にそっと力を込めてくる。

「一朗……」

愛《いと》しさが募り、僕は彼の華奢《きやしや》な背をその場で抱き寄せてしまっていた。

「……駄目だよ」

唇を塞《ふさ》ごうとすると、らしくなく一朗が拒む素振りをする。

「なぜ」

「……まだカーテンがないんだもの。この部屋……」

何かが足りないと思ったが、確かに全面に開けた窓を覆う布はまるでなかった。だがそれとこれとは話が別だと僕は尚も彼を抱き寄せ、強引に唇を塞ごうとした。

「駄目だって……人に見られる」

「鳥くらいしか見ないよ。こんな高いところじゃ」

「鳥にだって見られたくない」

「我儘《わがまま》言うもんじゃないよ、一朗」

「どっちが我儘なんだが」

頰《ほお》に手をやり上向かせる僕の目の前で、一朗が呆《あき》れた顔になる。

「……思わず抱き締めたくなるような可愛《かわい》いことを言いながら、キスを拒否する君が我儘だ」

言いながら唇を寄せると、一朗は「もう」と苦笑し、僕の背に両腕を回してきた。

「……なんか風車に乗ってる気がするけど」

「……それを言うなら『口車に乗せられる』なんだけど」

いつものごとき彼の言い間違いに、思わず僕は吹き出してしまった。甘いムードも台なしになる。

「風車に乗ってるのは水戸黄門《みとこうもん》に出てくる弥七《やしち》の手紙だろう」

「そんなに笑わなくてもいいじゃないか」

一朗が真っ赤な顔になり、僕の腕を振り解《ほど》こうともがくのを、

「うそうそ」

笑って抱き締め、唇を塞いだ。

「ん……」

合わせた唇の間から漏れる吐息を拾おうと更に深くくちづけると、一朗は抗《あらが》うのをやめ僕の背に縋《すが》りつくように、ぎゅっとシャツを摑んできた。僕も彼の背に腕を回し、身体《からだ》を支えてやりながらぐい、と自分のほうへと力強く抱き寄せる。

「……んふ……っ」

そろそろと片手を背中から尻《しり》へと下ろし、ぎゅっとそこを摑むと、一朗が微《かす》かに声を漏らし、薄く目を開いて僕を見た。

「……疲れてない？　大丈夫？」

唇を離して囁《ささや》くと、一朗が小さく首を横に振る。窓の外、沈みかけた太陽が街をオレンジ色に染めている、その光に照らされた一朗の顔もオレンジ色に輝いていた。首筋もオレンジに染まっている。白い裸体が夕陽に照らされる様を頭に思い描いてしまい、思わずごくりと生唾《なまつば》を飲み込んだ僕を、一朗が不思議そうに見上げてきた。

「……ここでしたいと言ったら拒否する？」

「……もちろん」

「でもしたいな」

言いながら彼のそこにぐい、と指を食い込ませると、一朗は、

「……ぁっ」

小さく喘《あえ》ぎ、僕に縋りついてきた。拒否はしていないらしいと再び唇を塞ぎながらゆっくりと身体の向きを変え、窓ガラスに寄りかからせた一朗のシャツのボタンを外してゆく。

「……あっ……」

ちょうど夕陽が隅田川の向こう、ビルの間に沈もうとしていた。オレンジ一色に染まるビル街やきらきらと輝く水面の美しさを一朗にも見せてやろうと、僕は彼の耳元に囁いた。

「見てごらん……夕陽がとても綺麗だ」

「本当だ」

はだけた胸元もそのままに一朗は感嘆の声を上げ、窓に手をつき外を見る。そのまま彼の身体を僕は後ろから抱き締め、裸の胸に掌《てのひら》を這《は》わせていった。

「……あっ……」

胸を弄《いじ》りながらジーンズのファスナーを下ろすと、一朗は窓ガラスについた両手で、震える身体を支えようとした。少し尻を突き出す体勢になったのをいいことに、自身のそれをジーンズ越しに擦《こす》りつけながらファスナーの間から取り出した彼の雄をゆるゆると扱《しご》いてゆく。

「……やっ……あっ……」

きゅっと胸の突起を捻《ひね》り上げると、手の中で彼がびく、と大きく震え硬さが増した。一朗は胸を弄られるのに弱い。きゅ、きゅ、と続けて刺激を与えてやると、堪《こら》えきれないように腰を揺らし、肩越しに僕を振り返った。

「……やっ……」

「……挿《い》れていいかな」

オレンジ色に染まる頬に、煌《きらめ》く瞳《ひとみ》に劣情を煽《あお》られ囁いた僕に、一朗がこくりと小さく頷《うなず》き自らジーンズを脱ぎ捨てる。僕もその場で服を脱ぎ捨てながら、沈みかけた太陽に照らされた彼の白い裸体の想像どおりの美しさに見惚《みと》れてしまった。

「……あっ……」

夕陽に蒼《ひ》かれたのか、再び前を向き喘ぎ始めた彼を後ろから攻める僕の目にも、オレンジ色に染まる空が次第に藍色《あいいろ》へと変じてゆく美しい隅田川の風景が映っていた。

初めて彼の家で抱き合った思い出と共に、この美しい風景を目に焼きつけておきたい――窓の外の風景を抱き締めるかのように両手を広げた一朗もきっと同じように感じてくれているのだろうと思いながら、僕は彼と共に迎える絶頂を目指し激しく腰を打ちつけ続けた。

あとがき

はじめまして&こんにちは。愁堂れなです。

このたびは八冊目のシャレード文庫となりました『愛こそすべて』をお手にとってくださり、どうもありがとうございました。

本書は二〇〇五年にリーフノベルズから発行していただいたノベルズの文庫化となります。今回『完全版』ということで、小冊子等に書き下ろしましたショートをすべて収録いただきました。既読の方にも未読の方にも楽しんでいただけるといいなとお祈りしています。

イラストのみずかねりょう先生、素敵な二人を本当にどうもありがとうございました。ウィルの王子様っぷりに、一朗の可憐さに、もうメロメロです。

お忙しい中、本当に素晴らしいイラストをありがとうございました。

担当のO様にも大変お世話になりました。他、本書発行に携わってくださいましたすべての皆様に、心より御礼申し上げます。

最後に何より、本書をお手に取ってくださいました皆様に、心より御礼申し上げます。日本語の聞き間違い、言い間違いを考えるのが楽しかった本作が、皆様にもどうか少しでも楽しんでいただけますように。

六月刊はフェアがあるとのことで、フェア用にショートを書き下ろしました。こちらもよろしかったらどうぞ、ゲットなさってくださいね。

次のシャレード文庫様でのお仕事は、秋に文庫を発行していただける予定です。

また皆様にお目にかかれますことを、切にお祈りしています。

愁堂れな

（公式サイト「シャインズ」http://www.r-shuhdoh.com/
twitter：http://twitter.com/renashu）

愛こそすべて

すべては愛からはじまる

All for Love

(リーフノベルズ『愛こそすべて』2005年1月)

リベンジ ～revenge～

(リーフノベルズ『愛こそすべて』特典小冊子 2005年1月)

隅田川より愛をこめて

(Leafy Colleciton Ⅵ 2005年3月)

愁堂れな先生、みずかねりょう先生へのお便り、
本作品に関するご意見、ご感想などは
〒101-8405
東京都千代田区三崎町2-18-11
二見書房 シャレード文庫
「愛こそすべて」係まで。

CHARADE BUNKO

愛《あい》こそすべて

【著者】愁堂《しゅうどう》れな

【発行所】株式会社二見書房
東京都千代田区三崎町2-18-11
電話 03(3515)2311[営業]
03(3515)2314[編集]
振替 00170-4-2639
【印刷】株式会社堀内印刷所
【製本】ナショナル製本協同組合

落丁・乱丁本はお取り替えいたします。
定価は、カバーに表示してあります。

ISBN978-4-576-11079-0

http://charade.futami.co.jp/